KB099487

金 準 泰 詩 集

참깨를 털면서

창비

차   례

제 1 부   참깨를 털면서

제 2 부 카스트라트

제 3 부 노래集

제 4 부 반 달

제5부　고독한 젊은이는 强하다

제 1 부 참깨를 털면서

열 손가락 중에 하나 간혹 피를 흘린다는 일
은 얼마나 즐거움인가

나는 이제 시골로 돌아갈까 부다

당신이 뒷발로 차버린 시골로 돌아가리라

아침저녁으로 이슬에 젖은 풀을 베고

간혹 가다가는 나도 모르게 낮에 손가락도 베리라

풀포기를 스쳐가는 손가락에 조금씩 피가 흐를 때

그것은 얼마나 시원하고 깨끗한 즐거움인가

얼마나 아득하고 아득한 서러운 즐거움인가

송아지를 부르면서 아침 저녁으로 풀을 베면서

열 손가락 중에 하나 간혹 피를 흘린다는 일!

아 이제 나는 시골로 돌아갈까 부다

시골로 돌아가 풀베기를 하면서 그런 아픔도 맛보리라.

<1976·對話>

참깨를 털면서

산그늘 내린 밭귀퉁이에서 할머니와 참깨를 턴다.
보아하니 할머니는 슬슬 막대기질을 하지만
어두워지기 전에 집으로 돌아가고 싶은 젊은 나는
한번을 내리치는 메도 힘을 더한다.
世上事에는 흔히 맛보기가 어려운 쾌감이
참깨를 털어대는 일엔 희한하게 있는 것 같다.
한번을 내리쳐도 셀 수 없이
솨아솨아 쏟아지는 무수한 흰 알맹이들
都市에서 십년을 가차이 살아본 나로선
기가막히게 신나는 일인지라
휘파람을 불어가며 몇 다발이고 연이어 털어댄다.
사람도 아무 곳에나 한번만 기분좋게 내리치면
참깨처럼 솨아솨아 쏟아지는 것들이
얼마든지 있을 거라고 생각하며 정신없이 털다가
〈아가, 모가지까지 털어져선 안되느니라〉
할머니의 가엾어하는 꾸중을 듣기도 했다.

<1970 · 詩人>

보 리 밥

나는 뜨끈뜨끈하고도 달착지근한 보리밥이다
南道 끝의 툇마루에 놓인 보리밥이다
금이 가고 이빠진 황토빛 툭사발을
끼니마다 가득 채운 넉넉한 보리밥이다
파리떼 날아와 빨기도 하지만
흙 묻은 입속으로 들어가는 보리밥이다
누가 부러워하고 먹으려 하지 않은
노랗디노오란 꺼끌꺼끌한 보리밥이다
누룽지만도 못하다고 上下로 천대를 받는
푸른 하늘 밑의 서러운 보리밥이 아닌가
개새끼야 에그 후라이를 먹는 개새끼야
물결치는 청보리밭 너머 廢墟를 가려면
나를 먹어 다오 혁대를 풀어제쳐
땀나게 맛있게 많이 씹어 다오
노을녘 한참때나 눈치채어 삼키려는
저 엉큼한 놈들의 無邊의 혓바닥을 눌러 앉아
하늘 보고 땅을 보며 억세게 울고 싶은데

아이구머니나, 어느 흉년이 찾아들어
누가 참 오랜만에 나를 먹으려 한다
보리밥인 나를 어둑어둑한 뒷구멍으로
재빨리 깊숙이 사정없이 처넣더니
그칠 줄 모르는 방귀만 잘 새어 나온다고
돌아서서 다시 퉤퉤 뱉어버린다.

<1970 · 創作과 批評>

감　　꽃

어릴 적엔 떨어지는 감꽃을 셌지
전쟁통엔 죽은 병사들의 머리를 세고
지금은 엄지에 침 발라 돈을 세지
그런데 먼 훗날엔 무엇을 셀까 몰라.

<1970 · 創作과 批評>

湖　南　線

기차는 가고 똥개만 남아 운다

기차는 가고 식은 팥죽만 남아 식는다

기차는 가고 시커멓게 고개를 넘는

깜부기, 깜부기의 대갈통만 남아 벗겨진다

기차는 가는데 빈 지겟군만 어슬렁거리고

기차는 가는데 잘 배운 놈들은 떠나가는데

못 배운 누이들만 남아 샘물을 긷는데

기차는 가고 아아 기차는 영영 사라져 버리고

생솔가지 저녁연기만 허물어진 굴뚝을 뚫고 오르고

술에 취한 홀애비만 육이오의 과부를 어루만지고

농약을 마시고 죽은 머슴이 홀로 죽는다

인정많은 형님들만 곰보딱지처럼 남아

할아버지 아버지 어머니 무덤을 지키며

거머리 우글거린 논바닥에 꼿꼿이 서 있다.

<1974・創作과批評>

고향생각

멀면 얼마나 아득히 있으랴
들기러기 논바닥에 엎드려 우는
남쪽 십일월의 저녁 어스럼
갈대밭 푸른 강물에 달이 안기면
아 꽃조개처럼 떠오르는 고향 아이들
──아빠, 옆으로 먹고 옆으로 똥 누는 것은 뭐지?
──오양간의 여물을 써는 작두란다!
──으음, 그럼……구멍 하나로
입이 되고 귀가 되는 것은 또 뭐지요?
──그것, 그것은 옷을 꿰매는 바늘일 테지!
저녁상을 물리신 피곤한 아버지를 붙들고
지금쯤 얼마나 많은 수수께끼를 풀어가고 있을까
아니면 새근새근 잠들어가고 있을까
상수리나무 골짜기에 예쁜 조약돌을 던지면
풍뎅이처럼 푸드득 빙빙 날으는
남쪽 십일월의 내 고향 아이들
제발 옆으로 먹고 옆으로 똥 누는 작두가 되지 말았으면

구멍 하나로 입이 되고 귀가 되는

못난 요술쟁이들의 꿈을 꾸지 말았으면……

〈1976・文學과知性〉

山 中 歌

산골의 高영감네 집은 가마득하다네

처마 밑에 고사리 다발이 걸려 있고

부엌엔 갈치 두 마리 먹음직하게 매달려 있고

마당귀에 돼지 오줌을 엎지른 두엄이 쌓여 있고

헛간엔 어제 만든 싸리비가 세워져 있고

뒷 울안에 감나무잎이 바람을 말아올려 소곤거리고

변소간의 망태엔 종이 아닌 지푸라기가 들어 있고

여덟자 정도의 방엔 풍년초 한 봉이 놓여 있고

식구란 高영감과 그의 늙어빠진 아내뿐이고

책 한 권도 먼지 묻은 족보도 없지만

밤마다 산딸기 소롯소롯 배인 빨간 꿈속마다

여순 반란 사건 때 죽은 아들이 울고 오나니

가득한 집안을 참쑥냄새의 울음으로 텅 비우고 가나니

꼭 핏줄을 이을 아들 하나 남기고자

피마자기름을 머리에 바르고 빗질을 한다네

高영감은 곰보인 젊은 과부를 홀리기 위하여.

<1970·創作과批評>

안　　마

안마를 즐길 나이가 아냐

나는 안마를 그리워하는 놈이 아냐

이발관의 게릴라인 낙지발 기집년들아

시골서 콩밭 매다가 오입을 나와

이발관에 눌러붙은 심심산골의 호박씨들아

라디오만 잘난 놈인 대도시 이발관에서

면도나 해주고 안마나 해주고 늙은 비곗덩어리의

귓밥이나 파주면서 히히덕거리는 옛날의 시래기국들아

네년들은 나까지도 단골손님을 만들 작정이어서

보이소 써비스요 지랄염병을 풍긴다만

오늘은 나의 아버지의 쓸쓸한 제삿날이다

수수밭의 그림자에 파묻혀 쓰러진 아버지의 제삿날

장롱 깊이 썩어가는 한복을 빼내어 울어야 하는 날이다

촛불의 제삿상 앞에 再拜를 하기 위해

찬물로 목욕을 하고 이발도 한단 말야

야 고향가는 찻시간도 없는데 좀 비키지 못해

터럭지도 없는 얼굴을 수십번씩

면도로 밀어주며 여드름도 아닌 땀띠를 뿌드득 짜주며
다음은 안마를 즐기라는 쑥굴헝 갈대들아
내 이마엔 옆구리엔 가슴과 등가죽엔
아버지의 불타는 비명이 아직도 흐르는데
주물럭거리며 짝짝 두드리려는 초생달들아
난 너희를 골라 이발하는 놈이 아냐
안마를 좋아하는 단골 영감쟁이가 아냐
아니야 아니야 아니란 말야
고향 마을엔 암컷이라곤 씨앗도 없어
장가를 들지 못한 老총각 녀석들이
숫돌에 몸을 눕혀 벼포기를 베고
밤이면 유행가나 부르며 우습게 미쳐가는데
에라, 이눔의 멀쩡한 무딘 호밋날들아
제발 괴나리봇짐 다시 싸 들고
기차 타고 버스 타고 고무신 타고
가서 어엿한 각시 되어 보름달이 되어
아들딸을 꿍꿍 곱게 낳아 주어라

썩은 말뚝을 칭칭 감아 오르는 호박넝쿨처럼

그렇게 한 촌놈도 입맞추며 사랑하다가

고쟁이 안의 논배미에서 손바닥을 빼내어

능수버들 보릿대춤을 덩실덩실 추다가

뱃 속에 흙이 꿈틀대면 토하기도 해봐라

여봐 삼백리 콩밭 매다가 오입 나온

보리꽃 살구꽃 시절 연초록 아득한 언덕들아

안마는 우리를 조금씩 조금씩 늙게 만들고

조금씩 죽어가게 하는 魔藥이다

•••••ㄴ으악

<1974 · 韓國文學>

17

들 밥

어둠 속에서 누구나 부른다
行人이 있으면 누구나 손짓을 한다
아무개 아니냐, 아무개 아들이 아니냐
또랑물에 발을 담근 채 노래도 그친 채
논둑에 앉아 캄캄한 밥을 먹는 농부들
일찌기 돈도 빽도 없이 태어난 농부들
사람이 죽으면 지붕 위에 속옷 던져 놓고 울던 농부들
정든 조상들이 죽어 묻힌 산줄기에 에워싸여
자식이나 키우며 감나무나 키우며 살아가더니
오늘은 어둠 속에서 누구나 부른다
가까이 가 보면 젊은이들은 그림자도 없고
늙은이와 아이를 낳지 못하는 여자들
밥을 이고 나온 꼬부랑할멈뿐인데
아무개 아니냐, 아무개 아들이 아니냐
덥석 손을 잡고 많이 먹고 가라 한다
수렁냄새 젖은 손가락으로 김치도 찢어주며
오동나무 잎새에 머슴밥을 부어 놓는다

밤길을 아니 걷는 게 영리한 짓이여
밤엔 사람이 제일로 무서운 놈이란 말여
풀바작을 짊어진 채 땅거미에 엎어진
파아란 넋들, 그 시절의 젊은이를 되뇌이며
달빛에 너울대는 성황당 두레산길
양키보다 몇 배 더 큰 시멘트 전봇대가
잉잉 소리치며 우쭐우쭐 쑤욱 자라나는
도깨비불이 휘익 쏟아져내리는 상수리나무 골짜기
호박같이 쭈그러진 얼굴로 감추면서
무거운 밥숫가락에 뻘건 김치를 올려준다.

<1974 · 創作과 批評>

鴉 片 窟

밤의 도시는 저리도 아편꽃이 피어

빨갛게 파랗게 어질어질 반짝이네

옛날의 그들은 무주 구천동 산골 보리밭에 숨어

타오르는 노을 삼키듯 아편꽃을 먹더니

누워서 엎어져서 쭈그리고 몰래몰래 먹었는데

오늘의 아편쟁이들은 밤마다 우릴 삼킨다

아편꽃이 돼버린 이상하고 이상스런 우리를

한 송이씩 한 송이씩 꺾어서 번개같이 삼키고

밤의 도시에 휘황하게 미쳐서 피어나네

아편꽃이 돼버린 십층 이십층의 우리를 먹고

몽롱하게 몽롱하게 구름 속의 귀신을 바라보고

죽어버린 하늘 아래 뚫려 있는 천만리 아편굴

해골바가지에 피어난 아편꽃을 꺾어 먹고,

밤의 도시는 저리도 건들건들 놀아나네

한번 먹으면 두번이고 천번이고 먹어야 하는

인간의 육체, 하늘의 육체, 그림자의 육체

지금 나도 혓바닥이 뒤통수에 붙은 아편쟁이가 되어

속으로만 으스스스 남 몰래 아편중독자가 되어서
누군가를 한 송이씩 한 송이씩 꺾어 먹을지 몰라
저 아편꽃 물결치는 밤의 도시를 떠나네
내 뱃가죽 속에 피어난 이상한 아편꽃도
풋마늘에 땅소주를 마시며 불질러 버리고
쌀의 반딧불 무심히 덮여가는 고향의 벌판
서러운 조상들이 모두모두 도깨비불로 날아오르는
꿈의 언덕에 올라가 호박이라도 얼싸안네.

<1975·文學과知性>

서 울 驛

萬歲를 부르기 위해 명성을 얻기 위해

인왕산 호랑이를 잡기 위해

구정물로 쓴 詩를 추천받기 위해

정원초과의 이름도 없는 대학을 다니기 위해

양키와 결혼한 딸의 첫아들을 보기 위해

텔레비전이 있는 집의 식모살이를 하기 위해

싱싱한 무우와 배추다발을 팔기 위해

양기에 좋다는 뱀과 해삼을 팔기 위해

진달래꽃을 바구니로 넘기기 위해

三流出版社의 교정사원이 되기 위해

유명한 大家들의 序文을 받기 위해

東亞日報社의 정치부 記者가 되기 위해

소피아書店에서 Das Deutsche Gedicht를 사기 위해

커단 도둑질로 한몫 보기 위해

全國의 사랑스러운 친구들을 만나기 위해

가슴 두근거리며 處女膜을 더듬듯이

높고 낮게 점잖고 부드럽게 사납고 거칠게
소리치며 기침을 하며 타이르며 **속삭이며**
승강구를 내리고 오르고 내려가고 올라가는
보리밭 귀퉁이 같은 노오란 얼굴들
잠든 돌獅子 등을 위태롭게 벗어나
두 개의 地下道로 쪼개져 들어간다
들어가서는 어디론지 사라진다.

<1969·詩人>

韓　服 I

한복은 맨살의 부드러움이다
조선의 안으로부터 묻어 오는
溫和하고도 미끈한 빛깔.
가래침을 뱉고 싶은 거리에서
무명道袍를 걸치는 일은
몇십배나 더 속이 후련하다.
푸른 하늘처럼 붙는 감촉이란
입술에 물린 젖가슴보다 푸짐하다.
요즘은 섹스에 達觀한 老人들만이
의젓하게 입고 다닌다고 하지만
革命을 겪어본 사람은
한번쯤은 한복을 입어 보라.
정신을 휘감고 흔들리는 曲線은
잔물결 많은 李朝時代
秋史 김정희의 붓끝이라 해도
어찌 시늉이나 하겠느냐.
넉넉한 바짓말을 추스를 때

등줄기가 환해지는 고적감은
自由의 어쩔 수 없는 약점이다.
지금은 情緖의 절정에 매달린
단 한벌의 한복을 입기 위하여
시골로 장가들려고 애를 쓰고
밤중에도 장롱의 열쇠를 비틀며
할아버지의 한복을 몰래 빼내려는
革命적인 장난은 너무나 서글프다
한복을 훔쳐서라도 입으려는
내 알몸의 소원은 암담할 뿐이다.
늘 남의 옷을 벗고 입었기에
암담할 뿐이다.

<1970·思想界>

韓　　服 Ⅱ

모두들 양복을 입는 세상？

모두들 다른 마음을 입는 세상？

어머님, 나는 한복을 즐겨 입고 싶어요

깊은 밤에 들려오는 아버지의 목소리처럼

먹물이 풀리는 듯한 한복의 볼륨！

감실감실한 촉감을 주면서도 교교한 어질머리！

그 환장하게 아늑한 깊이！ 잘 지지 않는 노을의 얼룩！

피를 뚫지 않고도 잡혀지는 뻑뻑한 어제의 깊이！

거울 앞에 서서 보며 입지 않아도

옷고름이 나붓이 고요히 제자리에 와서 만져지는

그 기막힌 연두빛의 떨림！ 떨림！ 떨림！

혹은 외롭게 헐어져 내려갔던 그 하이얀 따거움！

스르르 눈 감아보면 저절로 혼들리는 황량한 옆모습！

우리가 한번도 가지 않은 곳에 함박눈이 소복소복 쌓이듯

아직은 칼이 박힐 수 없는 우리네 눈물에

땅강아지처럼 기어다니는 저녁 어스름！

물레방아에 휘감긴 치렁치렁한 잎사귀의 아픔！

어머님, 나는 오지게 한복을 입고 싶어요
서럽도록 하이얀 한복을 죽고 못살게 좋아해요
바짓말이 녁녁하여 펄럭이는 우리나라 사람들!
솔바람도 초승달 달빛으로 흘러들어오는 기인 소매통!
은은하고 부드러운 한복을 호올로 찾아서 입노라면
어머님, 어머님, 나는 정말 외롭지 않답니다
모처럼 빨아 다려 입고 길거리에 나서면
사람들은 나를 異邦人처럼 치켜다보지만
저희들끼리 들먹들먹 수군수군거리는 모양입니다만
어머님, 나는 그럴수록 마음이 뉘엿뉘엿 푸근해집니다
잃어버린 옛시절 고향을 돌아나 온 듯이
밀려드는 밤바다의 파도에 머리끝까지 안기우듯이
한복은 내 불덩이 가슴을 지그시 지그시 누르며
머언 푸른 하늘을 향하여——
학처럼 넓게 날개를 펄럭거려준답니다
피를 뚫지 않고도 잡혀지는 뻑뻑한 어제의 깊이!
깊은 밤에 들려오는 아버지의 목소리처럼

먹물이 풀리는 듯한 한복의 볼륨!

어머님, 그래요 살이 너울거리도록 입고 싶어요

죽어갔던 우리나라 사람들의 마음을 펄럭펄럭 입고 싶네요

오늘도 살고 내일도 살아갈 우리나라 사람들의 몸부림을

오 눈물보다 더 맑은 한복을 곱게 여미어 입고

한번쯤 호탕하게 너털털 웃고 싶어요

한번쯤 쩌렁쩌렁 목청을 가다듬고서

정든 산천 어디에서나 하얘지고 싶어요……

캄캄한 밤중에도 하얘지며 나부끼고 싶어요……

<1976 · 未發表>

고향으로 이젠 엿장수들이나 찾아가누나

왼손에 츄렁크를 들고 고향을 떠난다
츄렁크 속은 할머님이 넣어 준 찐고구마와
하이얀 달걀, 잘 빨아진 속옷을 담은 채
버스 정류장 面所在地로 발을 옮긴다.
마을의 개들이 짖을까, 킹 소리 하나 없다
간밤 고추밭에서 쥐약을 먹고 죽었겠지
벼포기 틈의 시커먼 수렁물이여 첫닭은 이미 울었으리라
빛이 아직 들지 못한 소나무 빽빽한
달구지길을 접어드니 헝클어진 가락 풀고 돌아가려니
누가 성큼성큼 이쪽으로 오는 게 너무나 뚜렷하다
지게를 메고 찢어진 마후라를 칭칭 두른
엿장수! 헌 고무신짝이며 이 빠진 쟁기보습을
하나라도 더 많이 긁어 모을 양으로
뿌우연 안개 여직은 안 걷힌 마을을 들어오군
비 새는 헛간에 꽉 박혀 썩고 있는 물레여 베틀이여
고향으로 이젠 저런 엿장수들이나 찾아가누나
애들 있으나 없으나 가위를 쩽강쩽강거리며. <1971·月刊文學>

원숭아, 원숭아

요즈음 고향을 천천히 내려가도

낯익은 寫眞이 너무 많아서

어제 내려간 내 얼굴을 찾을 수 없어라

찔레꽃 그 花類를 몰라도 봄이 가면

내게서 넝쿨지어 피어나던 찔레꽃이여

사람이 보기 전엔 전혀 외로움이 안되는

멀고 먼 섬의 모롱이 시커먼 낭떠러지여

요즈음 고향엔 너무나 라디오가 많다

보지 않고 뒷주머니에 그냥 접어넣는

흔한 新聞도 너무너무 많구나

사람이 죽어서 젊은 사람이 죽어서

산을 넘어가는 데도 너무나 輓詞가 많구나

아아 내가 자주자주 내려간 고향엔

한번도 안 내려간 내가 많이 많이

들녘에 쓰려져 어머니를 부르는 소리……

<1973·돌과 별>

處 女 作

보리꽃이 피고 살구꽃이 피고
남쪽 섬의 친정집이 그리워서
콧잔등 옷고름으로 찍으며 우는 할머니
고사리 끊으러 간다 핑계 치고
산에 올라 푸른 봉우리에 올라
먼 고향을 바라보면 뭣한디야

열여덟에 뭍으로 시집 와서
지금은 서리 싸인 일흔을 넘으셨나니
발 밑의 산도 둥둥 뜬구름
소갈머리없는 딸만을 낳는다고
남몰래 뱃가죽을 꼬집히기도 했건만
금 같은 아들은 그래도 하나 얻었지

남편은 돈 벌러 일본땅을 돌아다닐 적
겨우 얻어 키워 놓은 아들마저
뜨거운 나라에 징병으로 끌려가고

논두렁마다 밭두렁마다 노을이 떨어져
홀로 땅을 닦으며 살으시다가
해방 맞아선 다시 숨 돌리셨나

한복을 입은 남편과 제대복의 아들이
머리칼 하나 잃지 않고 돌아왔으나
몹쓸 놈의 6·25를 만나
좌익이다 우익이다 하는 판국에
밤낮 이리 몰리고 저리 쫓기어도
(전생에 내 무슨 죄가 있냐)
풀뿌리 섶으며 기침도 크게 못하고
흙 묻은 가슴 자꾸만 두드렸지

그러던 중 하늘한테
아들 빼앗기고 손주 셋은 얻었는지라
손톱 밑에 가시 들어간 줄도 모르고
뒷등엔 후줄근히 땀이 흘렀지만

남자처럼 지게질 쟁기질 다 하고
장날이 되면 보리 두 말 이고 나가
송아지 돼지 데리고 나가
손자 학비를 마련해 보냈지

남 보기 좋은 대학생인 손자놈은
콩잎죽 맛보다 덜한 詩를 쓰는데
고등고시 공부나 한 줄 알고
도깨비불 날으는 산길을 내려오며
주름살 펴 속눈썹으로 웃으시었나
바이블과 孟子는 안 읽었어도
자식사랑 이웃사랑 벌레사랑 하면서
고향이라 콧노래 부르는 할머니야

처녀작 고료가 나오는 날
소고기 한 근이나마 사가지고 와
간맞게 맛있게 끓여 줄까 부다.

<1970·創作과批評>

李承晩 大統領

우리들은 당신을 할아버지라 불렀다

어린 시절에 우리들은 당신을 대통령할아버지라 큰소리로 외웠다

천장에서 새어내린 빗물이 지렁이처럼 얼룩져 있는,

시골 공회당 흙벽에 붙은 대문짝만한 당신의 얼굴 밑에서

우리들은 소꿉장난을 즐기며 진흙투성이로 뒹굴었다

땅바닥엔 손가락이나 유리조각으로 落書하길 좋아했지만

당신의 얼굴엔 그 흔한 지푸라기 하나 스치지 않으면서

그러다 싫증나면 풀여치의 뒷다리도 뚝 끊어버렸다

반딧불을 집어 넣은 호박꽃을 머리에 가득 이고

송사리떼뿐인 실江의 징검다리를 건너뛰었다

문수가 맞은 검정 고무신과 〈아메다마〉를 사오마던

아버지를 마중 나갔다 읍내 시장에서 돌아오는 아버지를

들녘 도처에 땅거미가 끼일 때까지 기다렸다

시냇가 디딤돌 밑 모래흙처럼 삶은 거기서 노상 서걱이던 그 시절……

그러나 아버지는 피묻은 몽당빗자루가 **鬼神**이 되는 그런 밤중에 **도**깨비불에 흘려 절뚝절뚝 돌아오기가 일쑤였다.

<1974 · 未發表>

암　　소

달밤에 말뚝에 매달린 암소 여러분!
달밤에 말뚝마다 만장하신 암소 여러분!
죽어서는 사람의 뱃속이 무덤인 노예 여러분!
옛부터 벙어리만 낳는 친애하고 친애하신 암소 여러분!
오늘은 우리의 詩를 새김질하는 암소 여러분!
잡초가 무성한 내 몸뚱이를 뜯어 먹고
밤새도록 우물우물 새김질을 해다오!
약방에 감초같은 맛도 간혹 날 테니까요!
정말이야요 히, 히, 히……!

<1976·未發表>

제 2 부 카스트라트

간지러움

야야, 비겁하게 간지러움을 먹이지 말라
겨드랑과 발가락엔 시간도 그늘도 담배도 없다
國史시험에 이용하려는 희한한 컨닝 페이퍼도 없다

너무 먹이면 너무 웃다가 왈칵 눈물이 쏟아진다
네가 올라가 보지 못한 絶頂의 모서리가 쏟아진다
사랑의 추억의 분노의 미련, 어지러움이랄까

우리들의 할아버지나 아버지는 그것을 안다
배꼽을 쥔 채 눈물을 흘리신 적이 있어서 말야
昭和의 간지러움에 人民軍의 간지러움에 지쳐서 말야
꼬부랑 말의 간지러움에 지쳐서 말야

야야, 제발 손가락을 가져 가지 못하겠나
나는 쑤셔도 감촉이 없는 그런 迷宮이 아니다
널 암스트롱이 맨처음 고요의 바다에 남긴 홈이 아니다

알다시피 나의 겨드랑과 발바닥은 이 땅이다

네가 아침마다 물을 뿌려준 너의 집 무우밭 고랑이다

네가 뒤로 미끄러진 바로 그곳, 하하 그곳이다.

<1970·創作과批評>

카스트라토

우리나라에서도 일찌기 腐刑은 있었나
男絶陽 哀絶陽 男絶陽 哀絶陽
자기의 불알을 스스로 까덕고 노래하는 歌手는 없었지?
누에치는 방처럼 침침하게 얽어놓은 방구석에다
사내를 가두고 거세하던 蠶室淫刑이란 것이
아득한 옛날 중국땅엔 형벌로 꽹과리쳤지만
백년 묵은 포도주를 퍼마시고 노래한 카스트라토는 없었지?
몰라, 오늘 나는 할아버지와 함께 돼지새끼의
검은 불알을 고추 주머니인 양 쪼개어 까버렸지
돼지새끼는 불알을 까버려야 아암 무럭무럭 크고말고!
去勢한 울음을 우는 돼지새끼의 뻘건 불알을
날것으로 소금에 낼룽 찍어 우물우물 삼키면서
피가 흐르는 고놈의 사타구니에 된장을 발라대던 할아버지!
허, 그러나 이놈의 손자는 엉뚱하게 보았는데
불알이 깨어진 바람 속에서 불알이 없는 詩를
쓰며 불알이 녹아버리는 눈물을 재주껏 흘리는
칠팔월 물호박처럼 빙그르 굴러다니는 잡것들 말야

《Kastrat는 도토리알 같은 한국말로 풀어볼작시면

바로크時代의 이탈리아의 넉살좋은 鼓子歌手라지만

왕실이나 귀족에게 칭찬이나 밥을 얻어 먹으려고

남자의 목소리도 여자의 목소리도 아닌 기묘한 목소리로

귀신같이 귀신같이 노래하여 출세를 했다지만)

우리나라엔 일찌기 그런 놈의 歌手는 없었지?

끝내는 한 時代의 불알마저 까버리는 알량한 카스트라트는 없었
지?

鼓子의 목소리에 歌詞를 붙여준 詩人은 없었지?

男絶陽 哀絶陽 男絶陽 哀絶陽

돼지새끼는 불알을 까버려야 아암 무럭무럭 크고말고!

절구통의 찹쌀떡처럼 쫄깃쫄깃한 할아버지의 익살이

오늘까지도 벼이삭 보리이삭마다 스며 출렁일 제

망아지가 어미소를 따라가는 밭길에 깨꽃처럼 흩날릴 제

나는야, 그 어떤 희한한 괴성의 노래를 듣지 않아도

몇천년을 살아온 것같이 앞가슴이 절로 부푼다

내 피의 새끼줄에 내 피의 새끼줄에

빽빽하게 휘감기는 할아버지의 걸걸한 목소리만이

들릴듯 말듯 흘러나오는 대추빛 콧노래만이

나를 숨가쁘게 사람답게 이끌어 간단 말여

꽃바람처럼 홧홧하게 이끌어 간단 말이여.

註 : ① 腐刑 : 罪를 지은 사내에게 불알을 까버리던 刑.
    ② 哀絕陽 : 男絕陽, 즉 남자가 자기의 생식기를 자르는 일을 슬퍼함.
       茶山 丁若鏞의 詩에 〈哀絕陽〉이 있음.
    ③ Kastrat : 바로크時代, 이탈리아의 去勢한 歌手인데 그것으로 한몫
       人氣를 얻었다 함.

〈1975 · 文學과知性〉

新羅古墳出土에 哭함

더 이상 파내지 말라

더 이상 파내어 둔갑시키지 말라

떡시루에 호롱불 꽂아 놓고 창호지옷으로 염불을 말라

저것이 어째서 우리와 우리 새끼의 얼굴이냐

옛날에 옛날에 잃어버린 얼굴이냐

東西에 부전자전할 기막힌 자랑자랑

아리랑 서리랑 금수강산의 아라리오냐

굶주린 백성들의 배꼽을 파고 들어가

구름을 날리며 말채찍을 휘두르던 저것이

천년 후 오늘도 내일도 자랑이라드냐

더 이상 파내어 도깨비춤 추지 말라

더 이상 우리의 곪아 썩은 눈을 현혹하지 말라

자랑도 떡도 좋지만 눈을 흐리게 말라

꿈틀대는 金冠의 휘황찬란한 눈부심이

가는 우리의 앞길을 어지럽게 가리워서

차마 올빼미의 밤눈조차 뜰 수가 없구나

보이는 골목마저 달아나고 보이지 않는구나

금귀걸이, 금불상, 금요패, 금숟가락

금요강, 금팔찌, 금술잔, 금항아리, 금칼날이

쉴새없이 미친 듯이 쏟아져 나오는데

속고 속아 쓰러져 묻힌 억울한 서라벌이

달밤의 엉큼한 서라벌이 진정 무슨 자랑이냐

아직껏 코걸이 하나 나오지를 않는데

그날의 매부리코에 걸린 코걸이도 안 나오는데

바보로 언청이로 어릿광대로 떼 몰려 죽어간

백성들의 핏덩이가 뚝뚝 떨어지는 금관을

무당이 쌀그릇에 부엌칼을 박아 세우듯

유리상자에 넣어 오뚝 우뚝 세워두고

처녀 총각 궁합을 맞추는 중신애비처럼

서푼어치 美學으로 美學의 염통으로

팔딱팔딱 뛰며 호들갑떠는 노예들아

자손만대 노예의 노예의 노예의 후손들아

저것은 아름다움도 자랑도 극치도 아닌

저것은 몸서리치는 우리의 부끄러움

보아서는 정녕 안 될 죽음의 거울이렷다.

나부끼는 삐비꽃 뿌리 밑의 죽음을

오, 더 이상 환장하게 파내지 말라

더 이상 파내어 참새처럼 까붙지 말라

옛 신라 백성들의 눈물을 오늘에야 흘리는

죽고 못살게 귀여운 우리 새끼들을

명월공산의 정든 산천에 우리 새끼들을

무당벌레로 무당벌레로 만들지 말라

약삭빠른 뺌재기벌레로 달팽이로 만들면

배꽃 같은 얼굴을 누가 간직하겠느냐

잃어버린 얼굴을 누가 찾아나서겠느냐

떡시루에 아주까리 호롱불 꽂아놓고 염불을 말라

王은 죽어서 무덤으로 쇠붙이로 남았지만

백성은 죽어서 흙으로 바람으로 강물로

동짓달 눈보라 긴긴 밤의 잠꼬대로

아이가 흘리는 마알간 눈물로도 푸르게 남아서

찔레꽃 나팔꽃 생울타리 적시며

흔들며 머얼리 애타게 흐른다……　　　<1975·文學과知性>

45

못질하기

벽에 못을 박는다
신문지를 바른 시멘트벽에
가족들의 옷을 걸어두기 위하여
바지와 저고리 작업복을 걸어두려고
나무를 길게 붙이며 못을 박는다
탕, 망치를 한 번 두드릴 때
그러나 못은 잘도 구부러지고
동시에 나의 마음도 구부러지고
벽의 저쪽에 짐승처럼 누워 있는
쓰라린 옛추억들마저 구부러진다
(솜씨가 서투르면 새 못도
녹슬은 못도 구부러지기 마련?)
아, 못하나 박지 못하는 주제에
정말 똑바로 박지 못하면서
얼마나 많고 많은 마음들을
벽의 전면에 박아두었던가
다시 못을 박을까 망설이다가

결국 나는 내 몸뚱이를

굳게 내려앉은 시멘트벽에 박아버린다

못을 서투르게 박는 자신을

밤새도록 서러워 서러워하다가

차라리 내 몸뚱이를 벽에 박아두고

십자가에 거꾸로 매달린 베드로여 !

<1976 · 文學과 知性>

悲　歌

갈대밭 속 강물 위에

총알구멍이 뚫린 송장 하나가

모가지가 잘린 채 떠내려가고 있었다

그것을 발가벗고 꼬여 뒹구는

한 쌍의 건강한 男女가

손가락질하며 히히 비웃고 있었다.

<1976·文學과知性>

눈알打令

내 눈물만 구정물이냐
너 눈물도 구정물이여
돼지새끼가 꿀꿀 퍼마시고
비곗살이 찌는 구정물

내 눈알만 구정물통이냐
너 눈알도 구정물통이여
밤중에 산에서 뛰어내려온
돼지새끼도 주둥일 처박고
훅훅 퍼 마시는 구정물통

어쩌다 藥을 먹은 쥐란 놈이
풍덩! 빠져죽는
우리네 눈알은 구정물통
백년만년 구정물통 신세여?

<1976・文學과知性>

숨이 막힌다

모든 모습이 두려움 없이 내비치는 밤
믿을 수 있는 것은 대낮에도 안 보였는데
무엇이 나의 목을 조르는가
무엇이 밤을 넓게 길게 만드는가
지구 끝까지 뻗은 내 그림자를
지구 끝에서 째각째각 들려오는 가위소리에
파랑색 흰색 빨강색 검은색 더러운 색 變質된 색
아니 알려지지 않는 빛마저
길이가 있고 크기가 있고 높이가 있고 깊이가 있고
둥근 笆籠이 오랏줄로 내려앉은
둥그런 하늘 속의 비밀을
여자와 남자가 입맞추는 間隔의 비밀이며
그릇처럼 부딪치어 깨어지는 혓바닥의
여운을 아는가 두려움 없이 알려 하는가
라디오가 들어 있는 사람들의 머리속에서
세계는 하루에도 몇 차례씩 볼륨을 높이는데
귓속말에 書類에 잉크방울에 풀잎에 거짓말에 진실에

눌려 있는 벌레들의 비참한 날갯소리

저널리즘의 꼬딕活字를 딛고 있는 발바닥의 크기를

내가 太平洋의 거대한 파도라면

총칼 없이도 한 목소리로 밀어내겠지만

숨이 막힌다 妙하게 막힌다

죽음의 한 뼘 앞에선 아슬아슬하게 안 막힌다

빛이며 소리며 언덕 너머의 香氣며

심지어는 울음소리와 웃음소리마저 목을 조르고

죽지 않을 정도로 목을 조르고

재미를 느끼려고 어떤 일에 이용하려고

목을 조르고 있다. 숙달된 기술로 목을 조르고 있다

내 비밀한 숨결의 높낮이를 알아내려고

약점과 眞理의 힘을 억지로 눈치채려고

알아내서 또 다른 목을 조르려고

<1970 · 詩人>

낙타의 울음소리

삼천만의 낙타가 沙漠을 간다.

사십억 마리의 낙타가 또 沙漠을 가면서

신기루뿐인 신문 위를 궁그르면서 무릎을 꿇으면서

모래의 집속에서 난해한 性交를 한다.

빛을 이끌고 달아나는 물줄기를 쫓아 가면서

바보를 낳고 언청이를 낳고 멋장이를 낳아 놓고

등엔 主人도 事物도 알라神도 싣지 않고

악마의 살결만을 노래하는 沙漠을 간다.

듣는가 서울驛에는 더 많은 낙타의 울음소리

시골에는 낯익은 낙타의 울음소리

天地間은 온통 낙타의 울음소리가 버섯구름처럼 떠 있는데

불의 바늘에 꽂혀 어디론가 또 끌려가는

삼천만의 낙타야 사십억 마리의 낙타야

沙漠을 가면서도 沙漠을 가고 있는지조차 모르는

삼천만의 낙타야 사십억 마리의 낙타야

절망하라 절망하라 절망하라 제발 좀 절망하라

하느님보다도 알라神보다도 돈보다도

왜 너희들은 먼저 싸움의 안쪽 몇 桶의 눈물이 필요한가를

오늘 당장 알려고 한다면

어렵겠지만 빨리 눈치채려고 한다면.

<1970·詩人>

個　人

얼굴이 보이지 않는다

풀어진 끈이 목에서부터 흘러내려

손가락 틈으로 기어나간다

거리의 바늘구멍이 넓어지고

캄캄한 夕刊 귀퉁이에서

거미줄 하나가 끈을 잡아당긴다

주머니를 손 넣어 저어보면

돌멩이뿐인 종이의 廣場과

아직 만날 수 없는 민중이 누워 있다

옆집으로 빗나간 나뭇가지처럼

흉터만 남은 안타까운 四肢

흔들릴 때마다 바짓가랑이 속에서

개울음소리가 컹컹 쏟아진다

간격을 두어 총소리가 들린다

찢어진 속옷, 감춰진 시간도 굴러떨어진다

또르르 말아지는 거미줄에

고통스런 아우성이 걸려 파닥이고

저 빨간 혓바닥 가운데

얼굴 하나가 모래처럼 부서진다

<1971·月刊中央>

들 쥐

이제 인류간의 사랑은 끝났는가
피는 방구석을 빙빙 돌고, 살은 겨우 흙에 가 닿는
오오 서러움이여 너무나 좁은 宇宙여
들쥐가 각칵 웃는 날이던, 나는 무엇이 될까
출렁이는 푸른 밀밭을 허리가 무너지도록 걸어나가
거기서 一攫千金의 가을을 기다리는
아름다운 아내와 영리한 아이들을 기어이 내쫓는다
감자의 맛, 수숫대의 그림자, 볏모가지의 무게
그것들은 나의 가장 위험한 財産이다.
좋아, 좋아 돌자갈 섞인 농장을 가진 나는 들쥐를 하늘 위에 키
운다.
아내와 아이들이 어디서 눈물을 흘리든
들쥐의 굶주림이 地上을 온통 넘실거릴 즈음
나는 비로소 옛날과 같은 主人이 된다.
질그릇 뚜껑을 열고 머슴이 먼저 밝은 하늘을 내려다보다
달리는 自動車를 이상하게 갉아버리는
검고 부드러운 털의 들쥐를 위하여

나는 흙을 주무르고, 밤길을 걷고, 갑자기 칵칵 웃는다.
그리고 흉년이 든 달의 스위치를 끈다
房을 드나드는 들쥐는 이제
그 자신도 모른 지린내를 풍기지 않을 것이다.

<1970・月刊文學>

새

뻘 흥건한 바닷가 갈대밭 속서
이름 모를 새들이 깊거나 높게
그네 달린 바람을 타며 운다

거리를 두고 울까 입을 벌리고 울까 얼마동안 울까

슬그머니 살짜기 기어들어가
자꾸 갈대를 헤쳐도
새들은 터럭조차 안 보인다

등 뒤에까지 뻗은 뭍의 희미한
달구지 길
미류나무 푸른 가지마다 노을이 새어든다
죽은 낱말을 빠져나오지 못한
사람들이 이웃 몰래 없어지듯

시간과 장소를 가리지 않고 우는 새여

약하나 이상하게 영리한 새여

살고 싶어 숨은 것이 아니라

그것이 바로 우는 기술인가

언제부터 나는

너희들을 보려고 했는가

아버지보다 먼저 보고 싶어 했는가

무서워라 무서워라

새들이 날아 올라도

땅에선 풀잎사귀 하나 날지 않고

갈대는 사람과 떨어져서 흔들린다.

〈1971・月刊文學〉

봄

잡년아 봄이다 잡년아 봄이다

겨우내 깊은 데 숨어서 속살거린 잎 잎들이

빈 가지마다 姦通罪로 끌려나온다

살에 달린 것 전부 내밀어 놓은 채

잡년아 시간에 걸려 바르르 떠는 잡년아

바람에게 거짓말만 한 빈 가지를

몰래몰래 뻗어 들어간 凍傷의 뿌리를

봄은 알아냈구나 기어이 알아냈구나 !

<1970・詩人>

아스팔트

내 구두소리가 놀라웁도록 가깝게 들린다
무늬가 요란한 비니루 방바닥에 누워
잉크병에 오래 담긴 펜대를 집어내고 있을 때
헝클어진 장미넝쿨 담 옆에선가 들려온다
부지런한 개미떼도 얼씬 못하는 아스팔트에서
그제 밤에 도둑질당한 그 헐은 구두
누가 기분좋게 끌고 다니는 게 분명하구나
왼짝은 무려 못이 다섯개나 빠져 있고
오른짝은 한개도 안 빠져 있는 것이라고
아침 저녁으로 늘 불쾌하게 생각했었는데
결국은 어떤 병신 같은 도둑이 훔쳐가고 말았다
그런데 그 소리를 나는 지금 듣고 있다
못이 안 빠져 있는 오른짝만의 큰 소리를
아아! 어떤 녀석이 이틀 전의 나처럼
걷고 있으면서도 그것을 도대체 모르는 모양이다
이틀 전의 나처럼 오른짝의 소리만을 내며
왼짝의 소리를 못내며 살아가는 모양이다   〈1970·詩人〉

61

詩作을 그렇게 하면 되나

말을 꼬불려서 곧은 文章을 비틀어서
詩作을 그렇게 하면 되나
참신하고 어쩌고 떠드는 서울의 친구야
無等山에 틀어박힌 나 먼저
어틀란틱誌나 포에트리誌를 떠들어 봐도
몇 년간을 눈알을 부라리고 찾아봐도
네놈의 심장을 싸늘하게 감싸는
그럴 듯한 싯귀는 없을 거다
네놈의 아버지와 할아버지를 찢어서 죽인 어제는 없을 거다
南韓과 北韓이 동시에 부딪치던 소리는 없을 거다
동시에 핏줄기를 이끌고 떨어져 나가던 절벽은 없을 거다
그런데 너는 무슨 속셈으로 페이지를 넘기느냐
노랑내가 질질 풍기는 흰둥이의 精神을 넘기느냐
개자식 같은 놈아
뉴요크나 시카고에서 뽑아낸 싯귀를
눈깜짝할 새에 뒤집으려고 덤비는 놈아
어디 멋들어지게 둔갑시킬 싯귀는 없나 하고

초조히 서두르는 엉큼한 놈아

네놈이 노려야 할 혁신적이고 어쩌고 하는 詩는

네놈이 걷어차버린 애인에게 있고

밤중에 떨어진 꽃잎 밑에 있고

里長네 집에서 통닭을 삼키는 面書記의 혓바닥에 있고

어금니로 질근질근 보리밥을 씹어대는

시골 할머니의 흠없는 마음 속에 있고

全琫準이가 육자배기를 부르며 돌아오던

진달래꽃 산 굽이에 희부옇게 있고

네놈의 뒤통수에 패인 흉터에 있고

아침마다 쓸어내는 房먼지에 있을 것이다.

Auden이 어느 시대 녀석인데

제임스 메릴이 며칠을 두고 커피 마시며 빚었는데

그 者들의 詩를 감쪽같이 비틀고 엎어서

좋지? 이 정도면 캐릭티컬하지?

빼기며 소리치는 병신 새끼야

나의 詩는 네놈을 비웃는 곳에서 엉뚱한 힘을 얻는다.

네놈의 머리와 뱃속을 채운 속임수에서

나의 時計, 조국을 만나고

金素月이와 李箱이 싸우는 어리석음을 깨닫고

네놈이 떠나버린 밭 귀퉁이에

홀로 남아서 詩를 쓴다.

글안족이 뭉개고 일본의 어스름이 짓누르고

간밤의 도적놈이 살금살금 기어가던 흙에

배를 깔고서

쌀밥보다 미끈한 詩를 쓴다

네놈이 보듯이 이런 詩를 쓴다.

<1969・詩人>

수   박

왜 나는 수박만 먹어야 하는가
왜 너는 수박만을 먹어야 하는가
어둠 속에서 친구들은 땀을 뻘뻘 쏟는데
형님들은 논바닥 땡볕에 홀로 엎어졌는데
아주머니들은 속고쟁이가 찢어지게 밭에서
무주구천동 두메산골에서 땀을 흘리는데
삼팔선과 하늘과 책은 오직 땀을 흘리는데
왜 나는 수박만을 먹어야 하는가
십층 이십층의 빙빙 선풍기 그늘에서
왜 너는 수박만 핥아 먹어야 하는가
설탕을 치고 얼음조각을 휘—이 섞어 처먹어도
물배만 애꿎게 딩딩 차 오르는 수박덩이
오줌이 오줌이 자꾸 마려운 수박만을 갉으며
바보같이 바보같이 낮잠만 자야 하는가
개꿈도 찾아오지 않는 낮잠만 자는가
비굴하게 비굴하게 부끄러움도 없이.   〈1971·全南每日〉

65

파　　도

젊은 날은 어떻게 죽어가고 있을까
옆눈치를 배우며, 혹은 술병 속으로 사라지고 있을지 몰라
나는 시간의 홈에 눌어붙은 조개껍질을 벗겨 버린다
바위 틈에 숨어 있는 두드럭고둥을 긁어내거나
거품을 뿜어내는 깨다식꽃게를 날쎄게 잡아 올린다
그리고 하늘을 본다 붉고 둥그런 문을 열고 나오는
태양을 향하여 밥이 가득찬 대가리통을 맡긴다.
그리고 다시, 사슬에 묶인 詩人만이 아는 바다를 본다
푸른 빗자루로 바다를 쓸고 있는 파도를 가차이 따라간다
찢어진 책을, 검은 모자를 쓴 섬과 섬의 오입장이를,
허무와 만나는 지도자를, 눈알이 툭 튀어나온 부랑아를,
뱀상어의 피가 범벅된 어부의 누더기를, 밀수업자의　난파선을,
아름답고 더럽고 무섭고 간질간질하게 쌓인 쓰레기를
푸른 빗자루로 쓸어내는 파도 뒤에 홀로 남아서
萬歲三唱을 한다 심장을 쑤시며 萬歲三唱을 부른다
거울처럼 맑디맑게 닦아진 詩人의 영원한 나라
내 몸뚱어리의 터럭 하나도 뽑아내지 않은 바다여

간밤에 잠든 나의 詩를 입맞추어, 기어이 깨우렷다.

잃어버린 册

나의 책은 어디로 갔나
나를 이렇게 울려놓고 어느 놈의 손아귀에
어느 도둑놈의 검은 보자기에 싸여
핏방울도 흘리지 않고 아우성도 없이
헌 서점으로 헌 사람에게로 팔려갔나
밤마다 주룩주룩 비가 내리는
나의 책상, 오오 그때마다 반딧불 하나
꺼질 듯 꺼질 듯 날아오르더니
어느 더러운 놈의 밥이 되려고
엄청나게 값이 깎여 후다닥 팔려갔나

깊은 밤 나의 두 손을 삼켜버리는
나의 책상, 살얼음이 깔린 나의 농토여
끼니를 굶어가며 현기증으로 사들인
아까운 하늘, 아까운 山川, 아까운 天才
지금 어느 놈의 눈알에 깊숙이 박혀
핀에 꽂힌 잠자리처럼 바르르 떨고 있느냐

먼 들녘 끝에 밥짓는 저녁연기가 떠오르고

어디서 흰옷 입은 사람들이 기웃거린다 한들

어떻게 보리 난 그들을 어떻게 보겠는가

지금 나의 책상엔 무덤만 쌓이고

이웃집에서 쏟아져 나온 전깃불만 가득 서걱이고

부지런한 농부들은 형체없이 죽어 있다

심심풀이로 읽다가 둔 잡지만 남았는데

내 육체에 집을 지을 거룩한 전공서적

문법을 몰라도 술술술 읽혀지는 두꺼운 아버지

어디에 갔나 어디로 가 파묻히는가

잃어버린 전공서적도 찾지 못하고

바보같이 나는 무엇을 읽어야 하는가

책상엔 제시절을 만난 똥파리가 웽웽거리는데

책도둑이여, 그러나 난 고향이 있는 것이다

읽어도 읽어도 바닥이 나지 않는 고향이

창문만 열면 노을 저편에 꿈틀거린다.　　<1974・創作과批評>

寓　　話

——절망하지 말라, 그 자리에 유우머를 넣어라(Heinrich Böll)

Ⅰ. 매품앗이

李朝時代인가 高麗時代인가

좌우지간 아야야 매품앗이라는 게

강산의 곳곳에 밤낮으로 성행했죠

똥구멍에서 호박씨도 안 나올 만큼

무엇 하나 먹지 못한 가난한 상놈들이

罪진 놈 대신 곤장을 뼉다귀 오므라지도록 맞아주고

돈푼깨나 몇냥 받아 겉보리를 팔고

땅강아지 같은 새끼들의 입술에 풀칠을 해주고

스스로 죽는 것은 조상에 죄된다 하여

풀뿌리 나무뿌리 삼키며 살았드래요

그런데 요즘 가난뱅이 서방각시들은 차암 어쩌드라

매품앗이 할 곳이 없어 그런지 몰라도

달 뜨는 밤 달조차 보지 않으면서

어디 혹시 속여 먹을 것이 없나 하고

이웃사람만 흘깃흘깃 둘러본다.

똥구멍에서 국수발이라도 나오는 사람이
무슨 짓인가, 네키 이 양반아!

Ⅱ. 山中支柱

사노라면 별놈의 기둥도 많이 만난다야
옛날의 은사인 文昌植스승과 함께
오랜만에 참으로 오랜만에
전라도 화순골 赤壁을 찾아가는데
산수가 속살거린 목적지에 이르기 전이었나
사람이 아닌 것들이나 제 모습을 가진 곳
찌그러진 廢家 하나가 불쑥
잡초 속에서 기어나와 우리를 손짓했다
스승은 마침 뒤가 급하게 마려웠는지
호주머니 구석에 신문지조각일랑도 없었는지
쑥잎을 냉큼 뜯어 가지고

廢家에 달린 厠間을 후다닥 들어가더니
잠시후에 혁띠를 졸라매며 나오더니
너털너털 웃으시며 무릎을 탁 친다.
왜 그런가 하고 재빨리 물어보았는데
스승의 말씀이란 멋들어진 천하의 一品,
방금 뒤를 누려 들어간 헛간 기둥에
〈山中支柱〉라고 씌어진 손바닥만한 푯말이
비뚤어지지 않게 반듯이 붙어 있더라는 것이다
옳거니, 똥냄새 나는 곳이라도 支柱는 支柱로다!

변소간의 기둥도 아암 기둥이구말구!
라고 말하며 파안대소하는 스승에게
그러나 나는 한술 더 떠서 대답했다.
──아마 여기 살던 主人이 영판 장난을 즐겼던 모양입니다.

Ⅲ. 웃는 얼굴

아득한 옛날이었다. 西方의 어느 나라였는데, 임금님은 나라 안에 三年 가뭄이 들고 흉흉한 그림자가 밀어닥치자, 귀신 같은 재주를 가진 文身師를 모조리 불러들여 백성들의 얼굴을 빈틈없이 〈웃는 얼굴〉로 만들어버리라고 命하였다나, 이에 평소 사람 몸뚱이에다 호랑이나 疫神의 쌍판대기를 그려주고 먹고 살던 文身師는 어안이 벙벙했으나, 임금의 간곡한 분부대로 그 〈웃는 얼굴〉을 만천하 백성들의 얼굴에다가 하나같이 版을 박기 불철주야 몇 해, 해와 달이 돌고 돌아, 헌데 듣기에도 거북스러운 일이 꼬리에 꼬리를 물고 일어나기 시작한 것은 그뒤부터라, 하나같이 〈웃는 얼굴〉을 가진 백성들은 이웃마을에 弔問을 갈 때도, 뿐이랴, 자기 아들놈이 전쟁터에서 죽어 돌아와도, 허 그것뿐이랴, 나중에는 그 임금님이 죽은 날도 백성들은 하나같이 〈웃는 얼굴〉로나 울어야 했으니 그 누가 탓할 수 있었으랴, 아득한 아득한 옛날이었다.

<1975・朝大學報>

오징어打令

날아다니는 門을 열지 말라
날아다니는 門은 날아다니는 壁이 아니냐
열려 있는 門을 닫지 말라
열려 있는 門은 이미 닫혀져버린
더욱 굳게 막혀버린 門이거늘,

닫혀 있는 門도 열지 말라
닫혀 있는 門은 결국 너무 열려져 있다
열려진 門도 다른 데서 이미
닫혀지고 여기서만 열려 있을 뿐,

모든 言語가 납작한 오징어 속에 들어가지 않고
고무풍선 속에 에드벌룬 속에 들어가 부채춤을 춘다

제발 좀 그러지 말라
門은 때려부수면 열리지 않는다
門은 두드려야 열린다

발 앞굼치로 서서

한 손으로 똑똑 두드려야 열린다.

<1973 · 未發表>

갯지렁이

매듭 하나에 발이 둘씩 달린 갯지렁이
허옇고 기다란 몸뚱이에 발이 몇 개 달린지 몰라도 좋아라
서울과 인천이 가까운 藥山 뻘밭
갯지렁이를 잡는 사람은 낚시꾼이 아니더라
하루 종일 뻘밭을 헤매며 파내도 고작 한 두어 그릇
값어치로 치면 칠팔백원이 될까 말까 하나
그것을 팔아서 먹고 사는 사람들은
낚시꾼이 아니더라 평생에 고기 한 번 낚지 못하고
평생에 남의 낚시밥이나 파주는 걸로
어깨를 걸어 올린 채 그냥 오고 가더라
땅도 바다도 天地玄黃도 이네들에겐 무용지물이더라
조개껍질이나 쩍이 박힌 뻘밭만 있으면 그만이더라
서울과 인천이 가까운 藥山 저 멀리
얼음장을 도끼로 깨고 줄을 던지는 한강의 강태공들은
오늘도 흐르는 강물 위에 쭈그리고 앉았더라
삶은 고구마를 젖꼭지인 양 쭈욱 죽 빨다가 잠이 든 아가야
날이 저물고 진눈깨비가 횡횡 내리치는데

뻐스 타고 갯지렁이를 팔러 나간 엄마, 엄마
아직도 돌아오지 않으니 아아 정작 어찌하랴
생명이 없는 바위도 그림자는 있는 천칙이라
어느 귀신이 낚아가버렸는지 누군들 알랴.

<1974·未發表>

坤

껌이야
이빨이 씹지만
단맛은 혀가 안다
딱 딱 딱.

<1973·未發表>

제 3 부   노래集

사 랑 歌

사랑이여 세상의 모오든

사랑의 밑바닥 찌꺼기들이여

하염없이 물결치는 잡풀의 넋이여

내 그대들을 밤낮으로 그리다가

그대들의 가슴에 엎어져 울려 하다가

어깨 끝에 손톱이 길어난 줄도 몰랐어라

손톱이 길게 길어난 줄도 모르고

내 그대들의 가슴에 집을 지으려고

머나먼 산천을 헤매었어라.

<1976 · 創作과 批評>

애타는 앞가슴으로

바람이란 바람은 모두 불어 다오

세상의 그리움이란 그리움은 모두 찾아와 다오

세상의 아픔이란 아픔은 모두 밀어닥쳐

내 울음과 그리움을 꽃으로 흔들어 다오

지리산을 훨훨 넘어 개골산을 삐거덕 넘어

세상의 산이란 산은 오직 애타는 앞가슴으로 적시면서

세상의 강이란 강은 모두 모두 눈썹을 달아주고

몇백년 몇만년을 바라보게 해다오.

<1976·創作과批評>

늙은이라도 뿌드득 소리나게 껴안는

할아버님 앞에서 담배를 피우는 일은 흥겹고 고요하여라
난초잎에 배인 아득한 적막함을
젖은 창호지에 어리는 들기러기 날개 아래 땅거미를
흰 두루마기 자락으로 펄럭펄럭 내리 덮어 두고
먼 황토빛 산모롱일 돌아나온 할아버님
젊은 시절엔 다른데서 갑자기 늙어버렸음이라
늙어선 기어다니는 증손자와 함께 소꿉장난을 즐기는 중이라

손도 발도 없는 들꽃이 향기를 뿜어 올리듯
이놈의 가슴에 와서 뚝 그치는 연두빛 대님의 감촉
조국과 타국이 한꺼번에 보이는 할아버님 앞에서
벌렁 드러누워 담배를 피우는 이 섭섭함
몇 천권의 쌓인 책이 와르르 무너지듯
한참 때에 뼈로 거닐은 長天의 恨이 허물어지며
붓끝에 찍힌 먹물도 절로 홀로 풀리며

전혀 엉뚱한 곳에서도 말갛게 떠오르리라

메추라기 날으는 산골짝 밭때기같은 사랑방에서

할아버님을 손잡아 눕히어 짝짝짝 안마를 해주네

석탄 덩어리에 얼이 간 허리의 저편도 시원하게 주무르네

허어연 이마에 흐르는 땀을 먼저 닦아드리다가

문득 한쪽으로 얼굴을 돌리는 이 소슬함

녹음테이프처럼 술술 넘어가는 이 피의 호젓함——

세상은 흥얼흥얼한 그저 어중간한 사랑인지 모르나

늙은이라도 뿌드득 소리나게 껴안는 이웃이

어디에서나 많이 살아가고 있다면 좋겠다.

<1972·文學과知性>

눈깔사탕을 밟고 미끄러진 님아

난 지화자 좋아라

산줄기 넘어 넘어 오신

허어연 메밀꽃 물결

할아부지가 지화자 좋아라

너무 늙어 요강에 앉을 힘도 없지만

고향땅 할아부지가 참말로 좋아라

방바닥에 하마 똥오줌을 누고

부끄러워 어쩔 줄 모르는 할아부지

난 좋아라 三水甲山 기중 좋아라

어절시구 좋아서 죽겠어라

세상에 두리뭉실 하염없이 깔린

눈깔사탕을 밟고 미끄러진 님아

지금은 쑥밭이 돼버린 님아……

<1976·創作과 批評>

江

애인이여

구름을 이고 오는 여름날의

멀고 먼 길을 아는가

얼굴은 나중에 오게 하고

마음은 먼저 보내는

멀리서 흔들리는 가슴을 아는가.

<1967 · 主婦生活>

덕   배

삼천포에 와서 나는 가까워졌지
안개처럼 내리는 빗속의 삼천포
순대국을 파는 선술집에서 처음 만났지
술을 마시다가 갑자기 알게 되었지
쑥떡같은 덕배 고향이 충무라던 덕배
낙동강전투에서 아버지를 뼈도 찾지 못하고
어머니는 어떤 바람둥이에게 빼앗기고
그러나 항상 곗돈 이자를 걱정하던 덕배
이마엔 칼자국 흉터 뒤통수엔 혹이 하나
거 덕배 말야 이름도 덕배 말야
마음씨야 그만인 트럭운전수 덕배 있잖아
南海에서 밤배로 들어온 생선들을
방금 잡은 듯이 눈알도 퍼어런 생선들을
삼천포에서 서울로 실어 나르던 덕배
되도록이면 싱싱한 놈을 다투어 좋아하는
우리의 위대한 서울사람들을 위하여
새벽 3시부터 쏜살같이 실어 나르던 덕배

아내하고 단잠 한번 제대로 못자던
트럭운전수 덕배 어제 그가 죽었지
대관령을 넘다가 트럭과 함께 가버렸지
곗돈과 아내와 첫딸을 뒤에 남겨두고
南海의 생선들을 뒤에 남겨둔 채
덕배는 영영 가버렸지 아 덕배는……

<1976 · 未發表>

李 瀞 雨

아시다시피 이한우씨는 잘난 사람이 아니어요
돈이 없으면 학벌이라도 학벌이 없으면
족보라도 그럴싸한 집안이어야 하는 세상에
이한우씨는 그중 하나도 가진 게 없어요
오직 몸뚱이 하나로 톱과 대패와 망치 몇 개로
어린 자식들을 가르치며 꿀꺽꿀꺽 살아가는 살아가는 목수이어요
남의 집 구멍난 밥솥과 물바께쓰도 때려주는 땜쟁이어요
기둥을 세우고 지붕에 올라가 통탕통 못질을 하는
남쪽 경상도 사천땅의 시골 가난한 목수이지만
젊은 시절엔 낙동강 전투에서 아슬하게 살아났지만
한때는 오두막살이 부산에서 운전수도 해보고
5·16 이후엔 제주도 가선 한라산 횡단도로 공사도 하고
뿐인가요 수원에선 어여쁜 처녀에게 아이를 배게 만들고
지아비인 주제에 남의 처녀에게 아이를 낳게 했지만
오늘은 고향에 돌아와 이웃들의 집을 짓고 있어요
세상 쓴맛 단맛 눈치 코치 모두 맛도 보았지만
아시다시피 이한우씨는 잘나고 잘난 사람은 아니지만

밥솥을 때리는 땜쟁이지만 톱과 대패와 망치뿐인

남쪽 경상도 사천땅의 시골 가난한 목수이지만

마누라에겐 밥장사와 술장사도 하게 놓아주는 남정네이지만

아시다시피 이한우씨는 구수하고 텁털한 사람이어요

하루도 빠지지 않고 속옷을 갈아 입는 멋쟁이어요

돈 때문에 사랑 때문에 술 때문에 꽃 때문에

부산에서 한라산에서 수원에서 서울에서 목포에서

굴러다니고 쭈그러지고 짓밟히고 바람을 피웠지만

보세요 이한우씨는 입으로 글씨로 살아가는 이가 아니어요

몸뚱이 하나와 톱과 대패와 망치로 꿀꺽꿀꺽거리는

사람이지만 얼굴은 항상 소년처럼 번들번들해요

속옷을 매일 갈아 입는 멋쟁이여요

속옷을 매일 갈아 입고 거울을 매일 보는 소년이어요

그리고 詩人 김준태의 장인어른이어요.

<1976 · 未發表>

金　洙　暎

당신의 美學은

꽃을 움직여 보고 꽃을 말한다.

당신은 그만큼 흔들리는 美學에 충실하다.

당신은 비참을 노래하면서도

유쾌한 冠形詞를 앞장세운다.

敵의 칼날에 잘려진 모가지처럼

당신의 言語들은

최후까지 눈을 부릅뜰 줄 안다.

쓰러진 時代를 다시 일으켜

그 내부를 확인할 줄 안다.

얼마 남지 않은 저항의 餘裕를

통째로 안고

언제나 젊은 애들과 싸운다.

젊음을 갖기 위하여 젊은 애들과 싸운다.

오오 폭포여

群衆의 바다로 흘러간

폭포여 !

<1968・全南日報>

論 介 야

I

논개야 논개야

난 너를 겁탈하고 싶은 생각은 없어

대한민국의 한쪽을 옆으로 짓누르듯

대한민국의 가장 외딴 곳에서 엉엉 울듯

너의 옆구리에 파묻힌 그날의

흙덩이를 물어뜯고 싶지는 않단 말여

우리가 가장 깊은 잠에 가라앉을 때

으아악! 우리의 잠속에 뛰어내리는

논개야 왜장도 그 누구도 껴안지 않고

오늘은 우리의 머나먼 잠속에서 흐느끼는 논개야

흐느끼다 거칠은 거지들에 발가벗겨

어디론가 이끌려가버리는 논개야

아아 그리운 논개야

Ⅱ

南江은 말이 없네

그저 무심히 누워 있네

타버린 쑥밭처럼 진주 한복판에

차라리 귀신이 되어 누워버렸네

강물도 말라붙어 모래도 죽어버려

도처에 목을 뽑던 갈대들은 사라지고

끝끝내는 아이놈의 울음마저 흐르지 않고

사랑이여 님을 향한 나의

눈물방울은 한 방울도 흐르지 않는데

어둠만 한숨 섞어 그득히 흐르네

어둠만 미친 듯이 미친 듯이 흐를 뿐

강 건너 불빛은 갈수록 멀어져 가네

사랑이여 오오 하이얀 옷자락의 나부낌

아직은 말라버려서는 정녕 아니 될

간절한 노래의 어깨여 노래의 어깨여

내 그대를 사방팔방으로 바라보려고

오늘은 나를 흔들 맑은 넋을 쫓네……

〈1976 · 文學과 知性〉

全 羅 道

전라도는 한국의 눈물이다

썩은 짚더미가 무너진 곳에

샛노란 죽순이 기막히게 커 오르듯

전라도는 가난하고 그러나 싱싱하다

내 태어나 살이 더 붙고

내 죽으면 다시 살을 바칠

아아 찔레꽃 나의 고향이여

사랑의 그칠 줄 모르는 전부여

멀리 떠나가며 손을 흔들 때

정든 산 언덕 언덕 소나무들은

모두들 사람같이 울어주는구나

아아 잘 있거라 잘 있거라

나는 결코 떠나는 것은 아니다.

<1976 · 全南每日>

智異山을 넘으며

나는 구름에게 말해야 한다

나는 바람에게 말해야 한다

나는 시냇가 디딤돌에게 말해야 한다

나는 나무에게 말해야 한다

나는 담배꽁초에게 말해야 한다

내가 한 말이 어처구니없이

구름이 되거나 바람이 되거나

시냇가 디딤돌로 밟히거나

저무는 12월 나무로 흔들리거나

혹은 불면의 새로 날아가버릴망정

무심코 던져버리는 담배꽁초가 될망정

나는 나의 말에게 이름을 붙여주어야 한다

주전자에 물이 끓으면 넘치듯이

그렇게 그렇게 나의 모오든 말을

세상 곳곳에 뿌려주어야 한다

사실은 그들의 말인 나의 말을

사실은 그들의 노래인 나의 노래를.　　　　　　＜1976・未發表＞

95

詩는 개고기가 아니어요

개고기는 먹기 싫어요
어차피 땀을 흘릴 우리네 삶
깊은 밤엔 더욱 식은땀을 흘리지만
어쩌면 내가 개고기인지도 모르기에
아아 싫어요 정말 싫어요
개고기는 죽어도 먹기 싫어요
내가 나를 잡아 먹기는 싫어요
자꾸자꾸 개고기가 돼버리는 나이기에
여름은 싫어요 개고기가 잘 팔리는
한밤중에도 느닷없이 내가 팔려가버리는
여름은 싫어요 그래요 그래요
아버지야, 어차피 인생은 개고기인가요?
요녀석 詩도 목숨도 개고기인가요?
싫어요 사노라면 아아
사노라면 몸뚱이는 개고기가 돼버려도
내 가슴은 아무래도 개고기가 아니어요
내 눈물은 아무래도 개눈물이 아니어요

간절한 인기척을 찾아 컹컹 짖어도
사랑은 끝끝내 개사랑이 아니어요
내 노래는 개울음이 아니어요.

<1976・全南每日>

쌀

쌀은 결코 말하지 않아요

쌀은 결코 노여워하진 않아요

쌀은 정말 흐느끼지도 않아요

쌀은 모든 이들에게 힘을 주지만

자신은 좀처럼 그 힘을 몰라요

쌀은 하얗게 하얗게 숨쉴 뿐

쌀은 누구도 미워하지 않으면서

쌀은 가장 참담하게 죽어버려요

가마니 속에서 성냥통 같은 뱃속에서

쌀은 꾸역꾸역 납작하게 죽어버리지만

어허이 고요하게 피를 적셔요

쌀은 멀리멀리 사라져가면서

또 하나의 기막힌 쌀을 남기고

오늘은 차라리 똥이 돼버려요

쌀은 차라리 똥이 돼버리네요…….

<1976 · 未發表>

텔레비전

멀리선 누가 또 쓰러지고

캄캄한 벌판의 마을이네

여우 같은 텔레비전 한 마리가

마을 사람들의 눈알을 몽땅 파먹고

귓부리를 야금야금 뜯어먹고

저혼자 불이 붙어 미쳐버린 밤이네

그대들이 아파하는 언덕 멀리서도

텔레비전 한 마리가 아아아아아

마을 처녀들을 홀랑 발가벗겨놓고

오래오래 능욕을 한 다음

강변의 갈대밭 속으로 끌고 들어가

배꼽도 남기지 않고 뜯어 먹어버리네

텔레비전이여 우리 모두의

무덤이여 쓰레기통이여!

三水甲山 우리는 무엇인가

송장인가 절망인가 노래뿐인가

<1976 · 未發表>

99

진도 아리랑

막걸리 마신 힘인지 돌을 던진다
떨어지는 곳마다 흙냄새 홀러넘쳐
솜저고리 소매 걷어 올려 녹두 따는 처녀야
녹두를 따다가 버선발로 엎어지면
일으켜 주는 시늉하며 껴안아 보리라
추렴판에 고기 한 점 더 집어삼키다가
입씨름 끝에 오리나무 몽둥이 맞아
집어삼킨 한 점을 다시 토해놓고서
녹두잎 푸르름 같은 너를 보러 왔다야
하늘 흐르는 천 갈래 만 갈래 햇살은
이젠 우리 것이 아닌 남의 것이란데
속눈썹 이슬 맺혀 고개 숙이긴 왜 숙여
전쟁통에 방아쇠 징 박힌 이내 손도
환장하게 부드러운 연보라 그대 옷고름
녹두콩 스민 듯한 적삼 속을 파고 들어
첫날밤 황촛불처럼 가만히 꺼져버리면
솜저고리 소매 내리고 달아나는 처녀야.　　　　　　　　<1969·未發表>

宣　言

알려져 있지 않은 사랑을 찾지 말라

알려져 있지 않은 증오를 찾지 말라

알려져 있지 않은 자유를 찾지 말라

알려져 있지 않은 혁명을 찾지 말라

알려져 있지 않은 이데올로기를 찾지 말라

알려져 있지 않은 우리들을 찾지 말라

잠든 머리를 받들고 있는 沙漠의 모래

우리들의 꿈 적신 물을 빨아먹은 모래의 베개여

앞뒤가 없이 울고 웃는 바람은 곳곳에 뒹굴지만

알려져 있지 않은 꽃은 향기가 없고

알려져 있지 않은 새는 날개가 없고

알려져 있지 않은 표범은 이빨이 없고

알려져 있지 않은 敵은 총칼이 없고

알려져 있지 않은 우리들은 피가 없고

알려져 있지 않은 우리들은 우리들이 없고

알려져 있지 않은 우리들은　영원히 죽지 않는다.

<1969·未發表>

마음 넓은 곳에

땅이 넓다고

마음조차 넓어질소냐

바다가 넓은 곳에 왔다고

마음 또한 따라서 넓어질소냐

사람이여 세상만사 뭇사람이여

마음 넓은 곳에 땅이 넓고

마음 넓은 곳에 비로소 바다가 넓더라

노래여 저 혼자 헤매이는 노래여.

<1976 · 未發表>

찔 레 꽃

그대여 눈 비비려거든 내게로 오라
찔레꽃 흰 입술도 옆사람을 포개고
찔레꽃 푸른 가시도 그대 피맺힌 노래 풀어
파흐라니 삐쫑 삐쫑 울라면 울어다오
출렁대는 강물 위에 흰구름이 잠기듯
바람에 얼굴 비취며 가는 몇 마리 새
나 없을 때 와 몰래 향기를 머금는다
그대여 피 비비려거든 내게로 오라
숲속에 흐르며 사운 사운대는 魂무더기
가지에서 가지로 푸드득 날면서도
달같만한 살의 봉지 열고 저러이 운다
하늘을 날던 그 마음 행여 잊을까봐
찔레꽃 피는 아픔도 행여 빠드릴까봐.

<1973 · 未發表>

자 장 가

누이동생의 하이얀 첫아이를 보듬고

어둠에 잠긴 도시를 내려다본다

해골을 넣고 다니는 시뻘건 그림자들을

낚시바늘처럼 반짝이는 네온의 불빛을 바라보며

아이의 눈썹 속에 소리없이 떨어진

두 개의 까아만 씨앗을 어루만진다.

허, 내가 이 아이에게 노래할 제목은 무엇일까

아직 부르지 않은 노래만이 그 제목일 것 같아

어둠에 잠긴 도시를 뒤돌아선다

방 가운데 매달려 흔들리는 하늘에

누이동생의 첫아이를 올려 놓는다

그리고 별들이 내려와 속삭이는 소리를 듣는다.

<1973 · 未發表>

제4부 반   달

머   슴

머슴은 머슴인 자기를 모르지만
손에서 손으로 건너는 힘은 알고
최초의 자유스러움까지도
주인집의 소유물로 여긴다
나는 매일 그것을 느꼈다
6·25의 비극을 감수하는 나만이 느끼리라

서울로 오입나간 머슴아
부드러운 주인을 찾아간 머슴아
오밤중에 노동의 열쇠를 쥐고
뺑소니친 머슴아
너는 차가운 논길
서리가 내린 논길을 일으키며
수그러진 볏모개를 훑어내렸지

그러나 너는 모른다
머슴인 너 자신마저 모른다

주인의 흰 고무신을 빼앗아 신고
쌀가마니 지고 산속으로 가서
놈들의 따발총 구멍을 닦아주던
그 시절의 머슴들을

게으름, 무식한 재미가
피를 지배하고 기어이 事物을 주물렀다
毒오른 손만 내밀면
나뭇가지나 바위 혹은 지푸라기도
급기야 살인道具가 될 수 있었지

악마는 악마를 죽이지 않지만
인간은 인간을 죽인다
풀잎은 풀잎에 허리를 기대는데
인간은 죄악에 기대인다.

닭모가지를 비틀며

소의 고삐를 의기양양히 잡아당긴 손
아아 끔찍한 게으름, 솟구치는 無智
산에서 힘을 얻은 머슴은 돌아와
주인집의 푸른 빗장을 열고
全財産을 몽둥이로 내리쳤다.

낫 놓고 ㄱ자도 모르는 머슴은
論語나 明心寶鑑을, 그리고 族譜를 난도질했다
달걀껍질을 노랗게 뚫고 나와
주인의 눈구멍에 고춧가루를 뿌리고
뱃가죽에 대창을 꽂았다.

그런 밤에 펑펑 물꼬가 터지고
논바닥은 여지없이 금이 갔다
性보다 깊이 파고드는 낮잠은
즐겁게 찾아들고, 머슴은
모처럼 반가운 태양이라 했다

비만 부르던 손과 발은
태양을 보고도, 낮잠을 쫒던 태양을 보고도
뻐젓이 누워버렸다.

서울로 오입나간 머슴아
오밤중에 노동의 열쇠를 지고 도망친 머슴아
주인을 저주하면서 흙의 구석구석을
찌른 그 시절, 짐승 같은 녀석들은
너처럼 진짜 머슴이 되고 말았다.

<1969·詩人>

北漢江別曲

젊으나 젊은 시절 쓰라린 시절에
배(船)는 건달들에게 도둑을 맞고
하늘엔 비행기 프로펠라 높이 뜨자
아들놈 서울의 연탄공장에 빼앗기고
딸마저 인천항의 부두노동자에게 빼앗기고
북한강 밤바람을 찢어진 문풍지로 들으며
할멈더러 풋고추 마늘장살 시키더니
강변의 들깻잎 뜯어 팔아먹고 살더니
지금은 홀로 床 들고 부엌문을 드나드네
거칠은 군인들에게 화랑담배를 얻어 피우며
보리농사 소용없이 인삼밭떼기 일구더니
사탕가루 찔끔찔끔 뿌린 허어연 국수나
찬물에 말은 국수나 먹고 숨을 쉬는
경기도라 김포군 藥山 땅의 할아범
아, 예술에 대한 새로운 克己와 모험
그것이 이 老人에게 무슨 소용이 있으랴
그날 난 퍼어런 군복을 입고 있었던가

군복을 입은 채로 정신없이 와락 보듬고
달맞이꽃 어깨 흔드는 갈대밭에 눕히고
털난 원숭이처럼 억세게 입맞춰 비볐네
혹시혹시 내가 그의 아들일까 몰라
짐승 같은 알몸으로 울음으로
어린애처럼 엉엉 우는 할아범을 껴안았네
북한강에 둥둥 뜬 초생달 속에서

<1975 · 文學과 知性>

111

北韓女子

밤마다 나는 북한 여자와 잠을 자지만
아들 한번 고구려 사내놈처럼 낳으려고
그녀와 대한민국 전체로 보름달로 놀아나지만
딸 한번 평안도 기생같이 쏘옥 빼내려고
그녀의 숨겨진 땅을 진흙덩이로 뒹굴지만
늪수렁에 감춰진 열쇠를 맨주먹으로 비틀지만
첫새벽에 먼저 일어나 잠든 그녀를 보면
육이오 때 밀리어 왔다가 지금은 고작
밥벌이로 술집을 차린 피난민 여자가 아닌가
팽팽했던 몸은 어느덧 全國으로 늘어 빠져버려
저무는 공사판이나 쫓아다니며 기웃기웃거리는
비 맞은 암탉이 아닌가 쑥구렁의 도둑고양이가 아닌가
나 같은 막벌이나 꿍꿍 보듬고 식은땀을 흘리는
뻣세디뻣센 늦가을의 쑥이파리가 아닌가
내가 밤마다 만나는 北韓女子는
내 살덩이를 삼팔선인 양 물어뜯으며 흐느낀다
육체여, 그날 내려온 북한여자라도 곁에 있으니까

나 같은 막벌이꾼도 간혹 허전함을 달랜다
내 가슴 구석에도 텅 비어 있는 황량한 북한땅을
남으로 내려온 그녀의 늙은 몸으로나마 채운다
그녀의 쭈그러진 살에서나마 북한땅을 더듬는다.

<1975 · 文學과知性>

休戰線 近處

차마 미워할 수 없으리
돌멩이 하나에도 간절함이 자주 가는
155마일 휴전선 근처
사시사철 앉아서 쌀밥을 먹고
우거지 돈을 재미있게 긁어내는
6·25 당시 두 다리를 잃은 남자
오늘도 독한 소주와 막걸리를 팔아서 먹는다마는
어찌 냉랭한 말을 뇌까려줄소냐
앉아서 놋요강에 똥오줌을 가리고
앉아서 세상 모르고 잘 살아가는
두 다릴 몽땅 잘린 그 병신
그래도 턱수염 귀밑머리는
아침마다 거울 앞에서 손질하지야
예쁜 계집을 두 팔로 끼고 살지 뭐야
봉창이 찢어진 부부싸움이란 없이
근 이십여년 간 술을 팔아
마을 앞에 어엿한 주막을 내세웠지

114

지금은 다리통이 무우 같은 갈보도 사들였지

갈보더러 손님의(손님이래야 군발이 아니면 늙은이와 힘 밖에 모
르는 팁털한 머슴들 그리고 헌신짝처럼 버려진 후레자식들)

잔을 달콤하게 비우게 하는

콧대 높고 의젓한 술집 主人

때론 닭추렴 화투놀이에 한몫을 본다

홀애비 많고 거치른 홀엄씨들 득실거리고

병신 찌꺼기에 빈 술병도 많은

155마일 휴전선 근처

마을 사람들은 그 병신을 가리켜

〈출세〉했다고 〈出世!〉했다고

여기서 잠깐 저기 가서 잠깐

가볍게 뇌까리는 게 버릇이 되었다

오오 퀴바디스, 오오, 퀴바디스…….

<1972·月刊文學>

遺腹女야

임진강 갈대밭에 비가 내린다
남한과 북한이 서로 금융은행을 앓히고 싶어
이웃나라 몰래 연애결혼하는 갈대밭에
상투적인 비가 쏟아지고 상투적인 새가 날고
포탄자국에 고인 연필글씨가 동전에 맞아 비명을 지르고
아직 태어나지 않은 미래의 아이들이
홀챙이나 째보 혹은 눈도 코도 없이 태어난다
어떤 놈은 완전한 후레자식으로
어떤 놈은 불알이 갈라진 원자병아로 태어나서
응아응아 엄마의 젖꼭지를 찾아 헤매는
만화영화의 왕국 월터 디즈닐랜드
北韓의 채권자도 채무자도 아닌 남한
南韓의 채권자도 채무자도 아닌 북한
서로들 상대편의 눈물과 피는 넘어다보지 않는다
북한은 남한땅의 황부자를 엿볼 뿐
남한은 북한땅의 금광을 기웃거릴 뿐
그래서 저절로 솟구치는 草木의 금융은행

응아응아 월터 디즈니도 온몸이 돈이 다 되어

자기 나라에서 자기 나라로 사라지고

우리는 지금 〈마켄나의 황금〉이란 영화를

이백원만 내밀면 볼 수 있다 존 웨인보다

게리 쿠퍼가 웨스턴물의 적격자라고 왈가왈부하며

무슨 대단한 논쟁처럼 핏대를 올린다

남의 오락물 하나 가지고 이렇다, 저렇다

뇌까리고 토라지고 끝벤 주먹다짐하는 꼴을——

남한과 북한이 온통 금덩어리로 化한다면

그때 무엇을 위하여 둘은 싸울까

그때야 한줌의 흙을 놓고 칼을 빼어들는지

임진강 갈대밭에 비가 내린다

계란 속에서 죽은 북한여자를 계란 속에서만 파내라

영리하게 울다가 무식한 놈처럼 버림받은

그런 남자도 핸들을 잡은 채로 사랑하라

씨암탉과 돼지새끼에게 일부러 술을 먹이고

그것의 술주정을 구경하는 희한하고 이상한 쾌감

불이 꺼진 임진강의 저쪽과 이쪽의 저녁

비는 또 호주머니에 먼저 내린다

채권자도 채무자도 아닌 우리의 국토에

<1972·文學과 知性>

반   달

내가 취하면 사람들은 모조리 비틀거린다
내가 취하면 六月에도 울긋불긋 단풍이 든다
북한에 반달이 비치면 더 밝듯
남한에도 반달이 비치면 정월 보름보다도
더 밝으니 이상하다
왼발로 걸으면 오른발에 날개가 돋아나는 밤아
나는 따가운 물을 마시고 이 땅을 걸었을 뿐
그렇다, 눈을 감을 때만이 尾行하는 놈들이 보이고
입술을 다물 때만이 尾行하는 놈들의 목소리가
어찌하여 내 몸뚱이에서 아슬아슬하게 새어 나가는가
오른발로 어둠을 밟아야만이 왼발에 奇蹟이 생긴다
왼발로 남한을 걸어야만이 오른발에 북한이 밟힌다
허허, 남한이 아니면 북한 중에 어느 한쪽이
밤하늘에 저런 반달을 토해 놓았는가 부다
캄캄한 하늘로 날아가서 토해 놓았는가 부다.

<1970·創作과批評>

119

貴　　族

명주바지를 입으세요

네네 물론 저고리도 입으세요

바짓가랑이 끝을 접은 다음

연두색 대님 곱게 졸라매고

아주 시원스런 여유를 가지세요

치렁한 道袍자락을 휘날리면서

넓고 호탕하게 웃으시는 당신

난 당신한테 깊이 깊이 반했어요

네발 가마에 담양産 손부채를

펼쳐들지 않아도 테 넓은 갓을 쓰지 않아도

당신은 역시 귀족의 핏줄인데

님이여 환장하게 의젓한 나의 님이여

저 쪽에선 상놈으로 불리운 님이여

달이 뜨거든 바람처럼 찾아오세요

악랄한 곰보와 떨어져 사는 나를

꼬옥 껴안아 주세요 눈을 뜨고.

<1970·月刊文學>

홀애비 나라

北風이 분다

잔나비의 울음소리 같은 북풍이 불어

밤이 깊어갈수록

뚫리고 빛나는 것은 銃口

손에서 멀어지는 것은 고향뿐,

철책선을 끼고 선

몇 뿌리 戰友는

꽃잎보다 더 붉었다.

<1972·未發表>

제 5 부   고독한 젊은이는 强하다

어메리카 I

얼음이 떠 있는 눈알을 바라보듯
로마와 희랍의 벼랑을 건너뛰는 토인비여
그대의 精神史보다 더 넓은
나의 서러움, 나의 단단한 사랑은
어메리카와 배를 대고 함께 숨쉰다.
패인 발자국에 이웃이 가라앉고
손톱만한 틈마다 총소리가 새어 나오는
라디오 속으로 들어가면서
라디오 속까지 뻗은 國道를 달아나면서
저 거대한 뿌리를 들었다 놓는다
어리석고 끈끈한 싸움을 멀리한 다음
짐승의 고요한 숨을 쉬는 어메리카와
끝끝내 노오란 배를 대고 비빈다.
배를 대고 眞理에 단련의 여유를 준다.
내 차가운 허리의 나사못을 풀고
하늘과 땅이 맷돌처럼 돌아가듯
불기둥 박힌 어메리카의 全面을 보듬은 채
거대한 사랑을 숨쉬고 있다.

<1970·詩人>

어메리카 Ⅱ

어메리카는 나를 압도한다

통조림과 딸라가 없는 곳에서도

불현듯 솟구치고 左右로 솟구치고

내 어리석은 偏見을 빼앗는다

프로스트의 숲처럼 숨은 나를

몇개의 가지로 떠올려버린다

아주 가까이서, 꿈틀거리는

주먹 만한 犯行쯤은 잡아당긴다

그리고 어느 핏줄기도 흐르게 한다

大陸의 뼈가 내리는 山谷을

굳게 닫고, 노오란 내 곁에도

거칠은 흑인女子를 눕혀 준다.

<1970 · 詩人>

125

고노이섬

어디 어디에 숨어서 있나

갈대가 사람의 키를 넘는 고노이섬

갈대가 사람보다도 많이 흔들리는 고노이섬

밤이나 낮이나 굴속에서 붉은 숨을 쉬고

굴속에서 천만리 빗소리를 만나고

굴속에서 젖꼭지를 물려주고 미역국을 마시고

굴속에서 깨어진 손거울을 들여다보고

배추잎을 씻고 아이녀석의 기저귀를 빨고

그러나 굴속에서 울고 웃던 맨발의 여자베트콩은

어디 어디에 숨어서 있나

어디 어디에 숨어서 피를 흘리나

조니워카와 샴팽과 꼬냑크와 막걸리가 엎질러진 고노이섬

도마뱀이 쇠붙이처럼 녹이 슬은 고노이섬

원주민의 눈알이 모래주머니처럼 쏟아지는 고노이섬

먼 나라서 싸우러 온 새파란 젊은 애숭이들이

지옥보다 캄캄한 민간인의 共同墓地

수억년 석탄이 잠든 무덤구뎅이에서

너도 나도 쭈그려 앉아 手淫을 한다지

무덤에 잠복호를 파고 들어가 총칼을 든 채

원숭이처럼 움츠리고서 수음을 한다지

밤마다 사타구니에 손을 넣어 모가지를 넣어

도깨비불 같은 비곗덩어릴 깜박깜박거리지

어디 어디에 숨어서 있나

갈대가 사람의 키를 넘는 고노이섬

히히 또 남의 銃이 모자란 고노이섬

누군가 판쵸를 뒤집어쓰고 담배를 피우는 고노이섬

어린애의 장난감마저 죽어버린 고노이섬.

<1970·朝大新聞>

검 둥 이

우리는 늘 껌둥이 兵士를 만났다.

빠나나 숲을 밟을 때마다 쟁강쟁강 소리나는

도마뱀의 울음소리를 들으며 깨진 고추항아리의 비명도 들으며

우리는 폐허에 손을 넣어 캄캄한 原始林을 흔들었다.

그리고 흐르는 눈물을 닦지 않았다.

검은 얼굴에 흐르는 人間이 깊이와 歷史를 차마 닦을 수 없었다.

배암이 모기와 풀벌레를 잡아 먹는 곳,

劉備도 孫權도 曹操도 項羽도 없는,

브루터스를 마지막 바라보는 씨이저의 눈알도 없는 나라에서,

日本軍 패잔병 〈요꼬이 쇼이찌〉씨의 동굴에서

아프리카는 天國이라고 울부짖으며 죽어버린 껌둥이를——

그의 아버지는 共産主義者가 아니었다.

민주주의자도 아니요 링컨大統領도 발자크 따위도 몰랐다.

그의 아버지는, 그의 아버지는 버림받은 유태인도 유다의 닭새끼
도 아니었다.

그의 아버지는 白人과 싸우다 달콤한 사탕수수 밭에서 죽었다.

그는 아버지의 손바닥을 뚫고 나간 것이 〈못대가리〉가 아닌 총알

이었음을 알았다.

못대가리가 아닌 총알이었음을,

그는 음식점에서도 三流여인숙에서도 쫓겨나는 더러운 껌둥이였다.

오하이오州의 시퍼런 휘추리와 미시시피江의 목화밭이 파묻혀 있는 새까만 배꼽이었다.

옆구리에 박혀 바르르 떠는 하느님의 구름의 피,

더—츠에 걸린 럭키山脈의 늑대의 마지막 울음소리,

그는 白人과 싸우기 전에 비에트남으로 놀러왔다.

아무렇게나 놀러와 번역으로 읽는 胡志明軍을

Get away, Get away, Get away my sight……

지구 밖으로 달나라 밖으로 무작정 쫓아내다가

그 어떤 개새끼도 슬퍼해주지 않는 황량한 케산高地에서

마더, 오 그리운 마더, 호올로 나자빠지고 말았다.

푸른 군복주머니에 출렁거리는 애인의 사진과 이에스크리스트가 매달린 한개의 에머랄드빛 장난감도 함께 죽어버렸다.

아아 그의 옆구리에서 허물어지던 몇 줌의 진흙

그때 아메리카는 그에게 손을 내밀지 않고 아프리카와 플라스틱

棺을 내밀었다.

그의 고향인 뉴우올리안스는 여전히 메리 크리스마스 원더풀.

월터 디즈니의 아름답고 착한 아이들을 좋아했으면서도

밤마다 입이 찢어지게 째즈를 불렀던 木炭畵의 껌둥이

빈 깡통에 검은 주먹을 쑤셔넣어 밤하늘의 별들을 후려치던 너희
들

그 누구 하나 넘어다보지 않는 遠景에 잠겨

오늘도 〈낙타눈깔〉처럼 히히히 팔려가고 있었다.

달나라에서 돌아오지 못한 닐 암스트롱이

메콩강 갈대밭 똥갈보의 子宮마다 우주복을 입은 채로 죽어 있는
나라,

붉은 달의 폭풍의 바다를 입에 물고 흰 모래의 혓바닥을 흩뿌리
던 나라에서

껌둥이 너희들은 히히히 팔려가고 유럽은 가고 아시아는 가고 아
메리카는 가고

아프리카마저 떠나버린

너희들의 몸뚱이와 눈물의 끝

다만 덜커덩거리는 빈 통조림 깡통만을 보았을 뿐
우리는 영영 한 편의 詩를 쓰지 못했다.

<1970 · 朝大新聞>

胡志明루트

하노이에서
사이곤까지 뻗어버린
얼음과자 아이스케이크
빨리 녹지 않으려니와
달고 시원한 胡志明루트
잠깐 이빨만 시려오는 그것
아장아장 걸음마를 시늉하는
오줌싸개 코흘리개 아이들이
제일로 좋아라고 쭈욱 쪼옥 빨아대는
얼음과자 아이스케이크
길쏨하고 달콤한
胡志明루트.

<1970 · 未發表>

悲　劇

검고 이끼마저 죽은 절벽 틈바귀서

피어나온 꽃송이가 밤낮을 흔들리듯

흙에 떨어진 연두콩이 껍질을 벗기고 자라나듯

살 한 점 없는 할아버지의 무릎에

지렁내가 풀풀 나는 손자가 앉아 놀듯

쌀밥과 보리밥을 가리지 않고 파리가 날아들듯

독수리 눈 속 같은 집을 첫닭이 울 때

동녘의 희미한 곳에 샛별이 반짝거리듯

탱자나무에서 백합의 잎사귀로 바람이 건너가듯

돼지 똥오줌과 소 똥오줌을 요리조리 섞어

날카로운 쇠스랑으로 두엄을 쌓아 올리듯

허리까지 빠져드는 수렁에 들어가 벼포기를 심듯

사랑했지만 어렵게 사랑도 하였지만

총알은 옹달샘 담긴 너의 심장을 뚫고 나가

우리의 땅에서 동그란 銅錢이 됐구나.

<1970・月刊文學>

Barrett號 船上에서

어허허 너무 휭하다
노상 배꼽을 잡아쥐고 뒹구는 저것
갑판에 아무렇게 풀썩 주저앉아
손톱이나 깎으며 돌부처나 될까

釜山이 아주 가까워진다고,
뜨거운 술마저 마른 태평양 한복판
섬 하나 안 보인 茫茫大海서
누군가 똑똑한 목소리로 외친다
KBS저녁뉴스가 방금 FM에 걸렸다고 비명을 지른다.
(아직도 멀어, 아직도 멀어……)
나는 영 조국을 돌아가지 못할 것만 같은
희부연 게거품의 쇠사슬에 묶여 있지만
당연한 서러움은 왜 나를 찾아오지 않느냐
어이없는 부끄러움은 더럽게도
왜 나를 떠나가지 않느냐
에헴! 큰 大字로 벌렁 드러누워

남의 나라 돼지눈물이 돼버린 우리나라 국민들의 피여

우리나라 돼지눈물이 돼버린 남의 나라 국민들의 피여

문둥이 살처럼 떨어져나가는 위대한

고민도 못하고, 웃음보따리를 풀어젖히라구?

나와 뛰놀고 싶어하는 茫茫大海를

어루만지듯이 사방팔방으로 꼬집으며

파도에 묻힌 손톱일랑 깎다가

내 눈물 속에 아기 人形이라도 세워놓는다.

<1973 · 풀과 별>

金浦空港에서

──Carl Sandburg에게

그대의 풀은 모든 것을 덮었다

A grass, 휘파람 같은 자연의 풀잎은

지상의 모든 것을 덮고서 자란다

바람이 불라치면 흔들거리지만

김포에서 한 치도 멜 수 없는 흙,

하늘 아래 혼혈아가 엉엉 울며 매달린 萬國旗의 아래

발 밑을 보라, 우선 자기의 발 밑을

여긴 안개가 모든 것을 덮어온다.

<1972 · 文學과知性>

고독한 젊은이는 强하다

젊은이에겐 人生을 말할 수 있다.
구두닦이든 군인이든 갓내기 馬夫이든 스포츠맨이든
시골에서 땅을 파먹고 살아가는 놈이든
믿음과 증오를 가리지 않고
갈대밭 넘어 섬을 넘어 가을바람에 뛰어들기에
가을바람으로 그 넋을 닦아내기에
죽은 神마저 젊은이를 찾아온다.

차라리 악마를 믿고 싶을 만큼
믿을 것이 하나 없는 천지간에
태양이 오르가니즘을 흔들며 숯덩이처럼 떠오른 오늘
억새풀을 스쳐간 듯한 있음과 없음은
누구나 마음대로 밟고가지만
사람은 멀리서 바라볼수록 저물어 다가오지만

젊은이는 잠자는 모든 것들에 깃들어서 잠을 깬다
잠자지 않는 모든 것들에 깃들어서 잠을 잘 줄도 안다

텍스트가 없는 自然을
텍스트가 없는 사랑의 源泉을 만난다
神을 인간으로 만드는 일 따윈 안한다.

어린애는 어머니가 이끌지만 젊은이는 불과 創造力이 이끈다
어린애는 여자가 낳지만 젊은이는
파도가 낳고 바위가 낳고 天地玄黃이 낳는다
젊은이는 그만큼 미쳐서라도 진실에 열렬하다
최초의 아름다움으로 몸부림치며 최초의 눈물만 흘린다.

떡갈잎 밑에 숨쉬는 푸른 흙의 門도 와서
열리고 닫히고 열리는 젊은이의 심장
원숭이처럼 걷고 싶은 늦가을 달밤이며
간질병 같은 예술도 거기 맡길 수 있어라
어린애의 웃음소리와 어른의 눈물도 물려줄 수 있어라

죽은 여자도 몇번이고 간통하는 더러운 전쟁이

풀밭 위의 아침이슬을 말리는 문명이

인류의 흐르는 맨발을 쩍밭뿐인

겨울안개 속 황량한 갯벌에 남겨둘망정

저 깊고 넓은 바다로도 덮을 수 없는 젊은이여

새들이 날아간 그대들 가슴벌판에

철학이며 事物이며 美를 놓아도 좋으리라.

그대들이 흘렸던 한 방울의 피는 하나의 門이기에

그대들이 뛰어든 칼집 속은 결국은 광야이기에

젊은이는 어디에서나 술을 마신다.

보스톤港 북쪽에서도 아마존江 밀림에서도

하루살이 떼가 밀려든 서울의 주막집에서도

풍뎅이가 날으는 켈트族의 상수리나무 숲에서도

헤겔과 싸우는 뮌헨의 개스燈 아래서도

北平의 어느 찌그러진 아편소굴에서도

뱃가죽으로 기어가는 애매모호한 에너지의 胡志明루트에서도

늑대가 귀신처럼 달리는 시베리아 끝에서도

젊은이는 어떠한 진실과도 결혼한다

어떤 더럽고 더러운 진실과도 결혼한다.

끝에서도 항시 시원한 초원의 바람처럼 살아갈까

똥통 위에서 풀빵을 남 몰래 섭어먹던

신병 훈련소 시절처럼 삐쭉삐쭉 웃어볼까.

풀빵이 뜨끈하게 들어간 뱃속을 긁으며 총구멍을 들여다볼까.

안돼, 젊은이는 精神이다 꿈이다 무기는 오직 사랑뿐이다.

달려라 흙 한줌 안 붙은 하늘엔 길은 하나이다.

아아 절망의 소용돌이여 절망의 보석이여

피를 앞지르는 눈물이여 피를 앞질러 흐르는 눈물의 아름다움이
여

현재 과거 미래가 함께 이끼 덮인

눈 내리는 原始林 사방팔방으로 눈이 내리는

멀고 먼 밤항구를 떠나간 原始林

나무와 물오리와 치렁치렁한 바람마저

태어나면서부터 미쳐버린 저 천만리 原始林

젊은이는 푸른 짐승들을 어루만지면서

그러나 눈에 묻히지 않는다.

잠들어 누운 밤에도 묻히지 않고

바다와 바위를 후려친 주먹 속에 달팽이를 굴리기 시작한다.

달팽이 달팽이 달팽이……

젊은이 萬歲! 젊은이 萬歲!

<.1970・朝大新聞>

비에트남

월남에 와도 한주먹의 월남도 안 보인다

하노이의 胡志明과 남쪽의 티우대통령은

빠나나숲 그늘에 앉아 무엇 무엇을 읽나

世界의 어디서고 뽑을 수 있는 몇천 포기의 비에트남——

파아란 선글라스 쓰고 아직까지 무엇을 보나

프라우다紙와 뉴욕타임즈紙는 그렇다 치고

자기들의 小說과 詩마저 번역으로 읽고 있었다

심지어 비에트남의 新聞마저 번역으로 읽는 것이었다.

추라이와 미라이村落 혹은 후에의 변두리

혹은 디엔비에푸에서 개새끼보다 못하게 학살된

그 아름답던 꼬마들은 어디 어디에 묻혔는가

〈Vietnam is the Brothel of the world!〉

말한 풀브라이트도 요즘은 워싱턴 파아크를 홀로 걷는다지?

하루살이처럼 살아가는 그들을 보지 못했지만

저널리스트에게 상품으로 팔려가는 들소의 울음소릴 들었다

희한한 사건기사만 읽는 週刊紙讀者들만 만났을 뿐

월남에 오니 한주먹도 월남은 안 보이는구나

다낭항구서 곰보빡보 호이안전선으로 달려가면서

우리가 슬퍼한 것은 무엇인가 더욱 더 무엇인가

갈대늪에 빠져 죽은 地方軍의 시체보다도

망아지의 뒷다릴 붙들고 코뚜레를 끼는,

本土의 여자가 흑인兵士 사이에 낳은

검지도 희지도 않은 트기사내의 두 손이었다

아, 담배를 피우며 뒤통수로 스쳐간 월남의 하늘.

<1970 · 未發表>

143

新金洙暎

두 손으로 깊이 얼굴을 묻어도
빠져나가는 한 表情은 있다
그것은 빛나면서까지 빠져 나가는데
당신은 그렇게 消耗되어주고
최초의 출발이 되어주고
최초의 출발 뒤에 오는 여운을 밝혀
永遠은 永遠으로 받아들인다.
알몸은 피와 함께 대해 주고
꼭 한번은 弱者의 행세를 한다
몰래 우는 꽃잎을 아는 까닭에
꽃잎에 박힌 햇살의 길이를 아는 까닭에
弱者의 서러워하는 긍지를 빼앗고
그것을 펄럭이는 사랑이라 말하고
밤에는 窓 몇 개를 더 연다
자라나는 싯귀에 달빛이 묻어
조금씩 시냇물소리를 낼 때

단련받지 않는 것은 모두 시냇물소리를 낼 때

뻑다귀뿐인 싯귀를 비틀려는

녹쓸은 밤바람을 팽개쳐버린다.

구멍 난 時代를 꿰매는 아내의 눈망울을

美學의 페이지로 덮어주고

바늘에 찔린 아내의 손가락에서

莫强한 압력을 느끼면서 배우고

모든 것이 조심스러이 보아질 때

大地인 당신은 大地에 누워

全速力을 준비하는 침묵으로

잠깐동안 불을 끄고 불을 안고 있다.

<1972·詩人>

어디서나 村落人들은

그들은 슬플 땐 울고
기쁠 땐 꼭 웃는다
그러나 그들은
저 불타버린 숲속에
어느 누가 버렸을
플라스틱製 아기 人形
누르면 삑삑 소리나는
아기 人形 하나라도
그런 비슷한 거라도
남아 있지 않으면
우리를 미워하고
결국은 미쳐버린다.

<1971 · 未發表>

146

跋　　文

趙　　泰　　一

　벌써 10여년 전의 일이다. 군대에서 제대를 하고 나서 나는 마음에 차고 맞는 직장이란 데를 찾지 못해 취직을 포기하고, 차라리 내 욕심껏 하고 싶은 일이나 한바탕 벌여놓고 보자는 생각으로 월간 詩誌인 『詩人』을 창간하여 1년 넘게 용쓰며 主宰해 온 일이 있었다.

　그때 그 시잡지 일을 해나가면서 어려운 일도 많이 겪고 신나는 일도 더러 겪었는데, 그 신나는 일 중의 하나가 바로 이 시집의 저자인 金準泰의 「서울驛」, 「머슴」, 「詩作을 그렇게 하면 되나」, 「新金洙暎」, 「어메리카」 등 다섯 편의 시와, 또 한 사람의 「비」, 「황톳길」, 「녹두꽃」, 「가벼움」, 「들녘」 등 다섯 편의 시를 동시에 『詩人』에 실리게 된 일이다. 영광스럽고도 분에 넘치고 신나는 일이 아닐 수 없었다. 그 뒤로 이 두 사람 말고도 몇몇 분이 더 가세하여 시뿐만 아니라 詩論 따위도 열심히 써주어서 한동안은 국내 최고수준의 詩誌로 뻗어나가는 듯했으나 달갑지 않은 여러가지 형태의 간섭과 눌림에 스스로 결단하여 손을 떼고 말았다. 안타깝고 슬픈 일이었다.

　이야기를 바꾸어, 그때 金準泰의 시를 싣기로 작정하고, 이런 따위의 시를 쓸 수 있는 분이라면 아마 나보다도 훨씬 인생의 연

룬도 높고 깊은 분일 거라고 생각하면서 〈선생님의 훌륭한 시를
싣기로 했으니 약력을 좀 보내주십사〉하는 내용의 기별을 보냈는
데 뒤따라 보내온 약력을 훑어보니까, 이것 봐라 ! 나이 겨우 스
물을 먹고 있었고 시골 대학교의 초년생이 아닌가 ? 또한번 당황
할 수밖에 없었던 기억이 생생하다.

그 뒤부터도 그는 좋은 시들을 감히 중앙의 유수한 발표지면을
통해 맹렬히 발표함으로써 긍정적인 찬사를 많이 받아왔는데, 특
히 재미있어 지금도 가끔 떠올리곤 하는 일이 한 가지 있다. 그
는 그 무렵 「감꽃」 등의 시를 『創作과批評』誌에 발표했었는데 그
시를 읽고 달려온 千祥炳 시인이 좋은 시를 읽어 기쁘다며 대낮
부터 나를 청진동 막걸리집으로 끌고 가 백원어치의 막걸리를,
그것도 千시인이 이 세상에 태어나서 남에게 처음이자 마지막으
로 사는 술이라며 권해서 몇 모금으로 더위를 식힌 일 말이다.
흐뭇했던 지난날의 추억 한토막이다.

아뭏든 金準泰와 나는 그런저런 인연으로 지금까지 10여년 가
까이 싫증날 것 없는 사이로 지내오고 있다. 그 이름 중의 〈泰〉
자가 말해주듯 체구는 나와 버금가되, 나는 서울생활에 쫓기고 시
달려 이미 잃어가고 있는 고향을 그는 혼자 늘 넉넉하게 부둥켜
안고 있으며, 그가 만나서 하는 말이나 시 속에서 하는 말들은 나
처럼 투박하고 눌변이되, 내 말보다 情은 훨씬 더 흠뻑 젖어 있
고, 편지도 하나의 훌륭한 글일진대, 그는 나에게 무려 150여 통
이 넘는 분량을 써 안겼고 나는 극히 사무적인 내용까지 합쳐 고
작 서너 편의 편지를 보냈을 뿐이다. 까닭은 그가 해병으로 월남
전에 끼어서 괴로와하고 외로와하는 나머지 내게 원없이 편지
를 써 던졌겠었는데, 괜히 그런 데에 끼어서 괴로와하고 외로와
하는 짓이 아니냐는 내 고집스런 판단으로 답장을 전혀 안 보냈던
그때 그 습관이 지금까지 내 몸에 배어서 서너 편의 편지밖에 안
보낸지 모를 일이다. 미안할 따름이다. 그런데 이제 이 시집 속
의 시들을 읽어보니 그 많은 편지의 내용들이 이 시들의 詩想이

되어 있음을, 그리고 어떤 시는 나에게 보낸 편지를 그대로 고스란히 옮겨 놓은 것도 있음을 알았다. 이처럼 그의 편지는 단순한 私信이라기보다는 한 자 한 자가 詩로 채워져 있는 시원고들도 있었음을 밝혀 둔다.

잡담 떠나서, 나는 그의 시를 두고 『동물적인 기백의 순발력을 지니고, 전혀 새로운 목소리와 새로운 형식으로 우리들 시 속에 참신하게 와 닿는 金準泰의 시는 건방질이만큼 거센 목소리로 외쳐대는가 하면 천리 물속 같은 고요한 서정으로 걷잡을 수 없을 정도의 충격을 준다. 과거의 우리 詩史에서도 드물게밖에 만나지 못하는 그런 야성적인 높은 토운은 일단 우리의 관심을 끈다.』(「民衆言語의 發見」『創作과 批評』, 1972년 봄호)라고 말한 바 있다. 이 시집에 수록되어 있는 80편 가까운 시를 읽어 보면 알 수 있듯이 그의 시 속에 일관되게 흐르고 있는 시의 특징은 위의 지적에서 거리가 별반 멀지 않다.

다만 그는 詩歷이 두터워질수록 말을 많이 하고 따라서 시가 길어지고 있음을 지적해 두고 싶다. 시인과 현실과의 최선의 거리는 〈밀착〉이라 말할 수 있고 밀착은 매우 바람직한 시인의 태도인데, 그 밀착으로 얻어낸 풍부하고 진지한 시적 체험들을 미처 걸러내지 못한 나머지 시의 핵심이 흐트러져 시에 말이 많아지고 자연히 시가 길어지는 것이 아닌가 유념하기 바란다. 짧을수록 시의 핵심은 분명해지고 긴장 또한 높아지는 법이다. 시가 길어지면서 공연히 시의 긴장을 포기할 수 없는 일이다. 그러나 그는 『굶주린 백성들의 배꼽을 파고 들어가／구름을 날리며 말채찍을 휘두르던 지것이／천년 후 오늘도 내일도 자랑이라더냐／……중략……／저것은 아름다움도 자랑도 극치도 아닌／저것은 몸서리치는 우리의 부끄러움』(「新羅王 墳出土에 哭함」)이라고 판단할 수 있는 지극히 건전한 역사감각과 문화적 태도, 『내가 밤마다 만나는 北韓女子는／내 살덩이를 삼팔선인 양 물어 뜯으며 흐느낀다／……

149

중략……/남으로 내려 온 그녀의 늙은 몸으로나마 채운다/그녀의 쭈그러진 살에서나마 북한 땅을 더듬는다』(「北韓女子」)나 「반달」에서 보여주는, 우리가 결코 방관하거나 포기할 수 없는 갈증에 가까운 민족통일에의 강렬한 집념과 의지로 범벅이 된 현실의식을 안고 『오늘은 어둠 속에서 누구나 부른다/가까이 가보면 젊은이들은 그림자도 없고/늙은이와 아이를 낳지 못하는 여자들/밥을 이고 나온 꼬부랑할멈뿐』인 「들밥」이나 「안마」, 「湖南線」, 「참깨를 털면서」에서 보여주듯이 주체들이 비어 있는 거의 무력하다시피 된 농촌에서 살고 있어 더욱 현장에 충실하여 긴장된 시를 쓰리라고 우리는 믿는다. 예컨대 『네놈이 떠 나가버린 밭귀퉁이에/홀로 남아서 詩를 쓴다/글안족이 뭉개고 일본의 어스름이 짓누르고/간밤의 도적놈이 살금살금 기어가던 흙에/배를 깔고서/쌀밥보다 미끈한 詩를 쓴다/네놈이 보듯이 이런 詩를 쓴다』(「詩作을 그렇게 하면 되나」)고 선언하고 나섰던 그를 지금도 생생하게 기억하고 있기 때문이다. 바라건대 한번만이 아니고 두 번만이 아니고 쉴새없이 우리들을 시로써 당황하게 만들어 달라. 더더구나 『몸뚱이 하나로 톱과 대패와 망치 몇개로 꿀꺽꿀꺽 살아가는』(「李瀞雨」) 이의 농촌처녀를 아내로 맞았으니, 더 이상 바랄 일이 무엇이며 더 이상 주춤하고 망설일 일이 무엇인가. □

後　　記

　나는 촌놈이다. 전라도 해남 촌놈이다. 말이 좋아서　시골이라는 그런 식의 촌놈은 아니다. 살구꽃이 피고,　보리꽃이 피고, 봄마다 뜸북새가 울고, 여름마다 물꼬싸움이 찾아들고, 매미가 울고, 가을엔 저녁노을처럼 들기러기가 내려앉는 곳. 뿐이랴, 논밭들이 헐떡거리는 들판 건너　바다도 보이는 곳. 그곳이 나의 고향이다.

　사람들아, 사람들아. 고향을 잊어먹거나 고향을　배반하거나, 고향을 뒷발로 차버리거나,　고향을 올라타고　말채찍을 휘두르는 사람들아. 고향! 이제 우리는 고향을 찾아가야 할 것 같다. 고향을 깊이 어루만져야 할 것 같고,　고향을 사방팔방으로 입맞추어야 할 것 같고, 고향을 노래해야 할 것 같고 고향을 울어주어야 할 것 같고, 아주 우리가 진짜로 고향이 돼버려야 할 것 같다. 사람들아, 오 사람들아. 이제 우리는 저마다 고향이 되어서 기실 천지간이 온통 고향으로 둘둘 뭉쳐졌으면 환장하게 좋을 것 같다.

　몇 주먹 더 털어놓자면, 사람들아, 나의 고향은 나의 宇宙나. 나의 고향은 나의 敎科書요, 바이블이요, 눈알이요,　망원렌즈요, 배꼽이요, 귓구멍이요, 속옷이요, 머슴이요, 스승이요, 보리밥이요, 天國이요, 개똥이요, 구정물통이다. 요컨대 나의 고향은 나의 모든 것이다. 나의 未來다.

　룻소가 〈自然〉으로 돌아가자고 했을 때 그것은　우리의 本

151

性, 우리의 本源, 우리의 自由, 우리의 기막힌 사랑의 세계로 돌아가자는 것을 의미하지 않았던가. 칸트와 쉴러의 자연 (Natur) 역시 그런 뜻이 아닌가. 우리는 이제 고향으로, 自然으로 돌아가야 한다. 이 길만이 우리가 사람다운 길로 들어서는 길이다. 양철판을 두드리는 듯한, 고무과자를 섭는 듯한, 말라빠진 人體解剖圖를 들여다보는 듯한 개좆 같은 현대시를 구할 수 있는 길이다. 사람들아, 사람들아. 내가 시를 쓴다는 일은 고향을 찾아내려는 온갖 몸부림일 뿐이고, 내가 아주 고향이 돼버리는, 그리고 그대들 모두도 고향이 아주아주 돼버리자는 그런 노래와 몸부림일 것이다.

고향 해남의 조부모님, 형님과 형수, 「詩人」誌 시절의 조태일선생님, 그리고 「創作과批評」社의 여러 선생님들과 광주의 문병란 선생님, 그리고 고향을 찾아가려는 이 땅의 모든 사람들에게 삼가 이 拙作투성이인 시집을 엎드려 바친다. 어히 어히 어어디여…… 상사디여 !

1977년 7월 金準泰

창비시선 14

참깨를 털면서

초판 1쇄 발행 / 1977년 7월 10일
초판 7쇄 발행 / 2013년 3월 28일

지은이 / 김준태
펴낸이 / 강일우
펴낸곳 / (주)창비
등록 / 1986년 8월 5일 제85호
주소 / 413-120 경기도 파주시 회동길 184
전화 / 031-955-3333
팩시밀리 / 영업 031-955-3399 · 편집 031-955-3400
홈페이지 / www.changbi.com
전자우편 / lit@changbi.com

ⓒ 김준태 1977
ISBN 978-89-364-2014-7 03810